칼의 아이

칼의 아이

은이결 지음

라임

차
례

누이를 빼앗기다

얼어붙은 강을 건너온 장사치가 주막에서 은밀히 풀어 놓은 소문은 참으로 기이했다. 강 건너 남한산성으로 들어간 임금이 어제 삼밭나루(삼전도)로 나와 무릎을 꿇고 이마를 찧으며 청군에게 항복했다는 것이다. 소문은 사람 왕래가 끊긴 무수막 장터를 휘돌아 삽시간에 재너미로 넘어갔다.

부칠이는 온기를 찾아 분이 누이 어깨에 볼을 비비면서 임금을 생각했다. 등짐 위에 자신을 올려놓고 걷던 아비 바우보다, 큰 메를 번쩍 들어 올리던 풀무간 도검장보다 더 크고 위엄 있는 사람을 떠올려 보았다. 온 백성이 어버이로 섬기는 임금이 정말로 짐승 같은 오랑캐에게 절을 했을까? 장사치 말로는 소현 세자와 봉림 대군을 인질로 남겨 둔 채 임금은 이미 도성으로 돌아갔다고 했다.

강 건너에 있는 삼밭나루는 무수막 고개에서 훤히 내려다보이는 곳이었다. 부칠이는 까무룩 잠에 빠져들면서 배가 조금만 덜 고팠더라면, 햇볕이 조금만 더 남아 있었더라면 삼밭나루를 보러 당장 무수막 고개로 달려갔을 거라고 생각했다.

해가 기울면서 매운 강바람이 장터를 따라 올라왔다. 주막 싸리 울타리에 붙어 있던 아이 서너 명이 일어났다. 분이도 부칠이를 깨워 휑한 장마당을 지나 풀무간으로 향했다. 아이들은 도검장이 일을 하는 낮에는 풀무간에 얼씬도 하지 않았지만, 일이 끝난 밤에는 잠을 자러 몰려갔다. 오늘도 어쩌면 벙어리댁이 따뜻한 국물을 내어 줄지도 모른다.

임금이 청군에게 쫓겨 강을 건너가자 야장과 잡일꾼도 떠나고 풀무간에는 도검장과 아들 뚜막이, 그리고 벙어리댁만 남았다. 평생 손에서 메를 놓은 적이 없는 도검장은 풀무간을 두고 떠날 사람이 아니었다. 풀무간을 버리느니 차라리 화덕 불로 뛰어들 위인이었다.

고뿔이 든 도검장이 일찍 안집으로 들어가자, 뚜막이가 와서 아이들 자리를 정해 주었다. 풀무간에서만큼은 뚜막이가 대장이었다. 뚜막이 기분에 따라 매번 자리가 달라졌지만, 부칠이와 분이는 오늘도 화덕 앞 가장 좋은 자리에 멍석을 깔았다. 뚜막이는 도검장 몰래 장작을 한 아름 가져다 놓고는 한동안 분이 옆을 얼쩡거렸다. 부칠이는 뚜막이가 아침마다 장마당까지 분이 뒤를 따라오는 것도 알고 있었다.

부칠이는 몇 해 전까지 충청도 바닷가 숨골에서 살았다. 아비 바우가 경기 장으로 건어물을 팔러 간 여름, 마을에 돌림병이 돌아 어미가 세상을 떠났다. 그 바람에 아직 어렸던 분이와 부칠이가 굶어 죽을 뻔했다. 그 뒤로 바우는 장삿길에 분이와 부칠이를 데리고 다녔다. 나이가 조금 더 차면 부칠이는 장사를 가르치고, 분이는 적당한 짝을 찾아 떨어뜨리리라 마음먹었다.

지난가을 오누이는 무수막 주막에 머물며 근처 장을 돌러 간 아비를 기다렸다. 무수막까지 오는 동안 분이가 뱃멀미로 고생을 해서였다. 오가는 날까지 닷새면 충분하다고 했던 아비는 달포가 지나도록 돌아오지 않았다. 아비가 주막에 맡기고 간 건어물이 든 등짐은 두어 달 만에 오누이 밥값으로 동이 났다. 날이 추워지고 눈이 쌓이기 시작하면서 오누이는 꼼짝없이 무수막에 발이 묶여 버렸다.

다행히 나루터를 끼고 있는 장터에는 밥을 얻어먹을 수 있는 허드렛일이 많았다. 둘은 그동안 장터를 돌아다니며 익힌 눈치로 몸을 재게 놀렸다. 분이는 주막에서 설거지를 하거나 나물을 다듬으며 부엌일을 거들었고, 부칠이는 나루터로 나가 손님을 끌어오는 여리꾼 노릇을 하면서 행여나 아비를 본 장사꾼이 있는지 수소문했다.

그러는 사이에 청군이 들이닥쳤다. 병자년 겨울이었다. 정묘년에도 이미 조선을 쳐들어온 적이 있는 청군이 이번엔 북쪽 지방의 성들을 공격하지 않고 곧장 한성으로 밀고 들어왔다. 다급해진 임금이 강화도까지 가지 못하고 남한산성으로 들어가자, 피란을 가던 사람들도 덩달아 강을 건너 인근 마을로 숨어들었다. 맹렬한 기세로 내려온 청군은 한성을 지나 임금이 있는 남한산성을 에워쌌다.

무수막에도 한동안 피란민들이 떠돌았다. 강을 건너지 못한 사람들이었다. 부칠이와 분이는 주인이 떠난 빈집을 찾아 숨어 다녔다. 다행히도 무수막은 달포 전 청군이 휩쓸고 간 후로는 전쟁 중이라는 게 믿기지 않을 정도로 조용했다.

화덕 앞에 쳐 둔 거적 사이로 매운 강바람이 들어왔다. 정월이 되면서 강은 더 두껍게 얼었다. 선잠을 자던 분이가 화들짝 놀라 일어났다. 멀리서 큰 소리가 몰려오고 있었다. 소리가 점점 더 커지더니 한층 가까워졌다. 분이가 부칠이를 흔들어 깨우는 사이, 도검장과 뚜막이가 마당으로 나왔다.

곧 대문이 철퇴를 맞은 듯 흔들렸다. 잠자던 아이들이 사방으로 흩어졌다. 풀무간 담 밖에는 횃불이 너울거렸다.

"숨어라."

도검장이 고함을 쳤다. 벙어리댁이 병아리를 몰 듯 뚜막이와 아이들을 데리고 안집을 돌아 뒷마당으로 갔다. 뒷마딩에는 오랫동안 쓰지 않은 가마가 있었다. 가마 입구는 돌로 막혀 있었지만 뒤로 작은 구멍이 나 있었다. 벙어리댁과 아이들이 가마 안으로 들어가고 얼마 후 말발굽 소리가 뒷마당으로 넘어왔다. 도검장을 기다리던 벙어리댁이 가마 안에 있던 장작과 돌로 급히 구멍을 막았다. 뚜막이와 부칠이도 벙어리댁을 도왔다.

밤새도록 고함과 떠들썩한 웃음이 이어졌다. 부칠이는 누이를 꼭 끌어안았다. 벙어리댁은 어둠 속에서 연신 두 손을 비비며 웅얼거렸다.

흙이 떨어져 나간 틈 사이로 송곳 같은 새벽빛이 희미하게 들어왔다. 밖이 조용해진 것을 확인한 뚜막이가 구멍을 막은 장작을 들어내고 조심스럽게 밖으로 나갔다. 바깥 집은 불에 타 버렸고, 화덕엔 솥을 걸어 음식을 끓인 흔적이 있었다. 풀무간 흙담 한 곳이 무너져 주위가 휑했다.

"아부지."

풀무간 안에 있던 쇠붙이란 쇠붙이는 몽땅 사라지고 숯을 나르던 삼태기만 뚜막이 발에 차였다. 모두 넋을 놓고 있는 사이에 허물어진 담으로 말이 훌쩍 넘어 들어왔다. 깜짝 놀란 벙어리댁과 분이가 고꾸라지듯 마당에 주저앉았다. 말을 탄 청군이 고함을 지르며 순식간에 분이를 들어 올렸다.

"누이, 분이 누이!"

부칠이가 소리를 질렀을 땐 이미 말이 골목으로 달려 나간 후였다.

부칠이는 말을 쫓아 흙담을 넘었다. 정신없이 내달리다 보니 어느새 장터였다. 장마당엔 비명과 울음이 매캐한 연기와 함께 피워 오르고 있었다. 부칠이는 무수막 고개로 뛰어가다가 우시장 삼거리에 사람들이 빼곡히 들어찬 것을 보고 깜짝 놀랐다. 앞에서 청군이 채찍을 휘두르고 있었다. 가만히 보니 그 사람들은 모두 줄에 묶인 포로들이었다. 어디서부터 끌려왔는지 하나같이 남루한 옷차림에 추위로 몸이 얼어붙어 금방이라도 쓰러질 것처럼 위태로워 보였다.

부칠이는 길을 버리고 언덕을 기어 올라가 좀 더 앞쪽으로 갔다. 말을 탄 청군들이 채찍을 마구 휘두르는 바람에 사람들이 자꾸만 넘어졌다. 한 명이 넘어지면 줄에 묶인 사람들이 차례로 넘어지다 끝내는 한 덩어리로 뒤엉켰다.

분이가 보였다. 낡은 짚신은 잃어버리고 발에 감은 천이 풀려 맨발이 다 드러나 있었다. 부칠이가 분이에게 허겁지겁 다가가자 청군이 발길질로 떠다밀었다. 가슴이 채어 바닥에 나동그라지면서도 부칠이는 누이를 놓치지 않으려고 눈을 부릅떴다.

청군은 무수막을 넘어 재너미에 이르러 무리들을 세우고 쉬었다. 잡혀간 식구를 따라온 사람들은 대부분 노인이거나 부칠이 같은 어린아이였다. 모두들 청군을 피해 제 식구를 찾느라 분주했다. 하지만 식구를 찾았어도 함부로 나서지 못했다. 부칠이는 사람들의 다리 사이를 기어서 누이에게로 다가갔다. 줄에 묶여 있는 분이 손은 빨갛게 얼었고, 먼지와 눈물로 뒤범벅된 얼굴엔 두려움이 가득했다.

부칠이는 급히 버선을 벗었다. 주막 손님이 두고 간 것을 분이가 주워 와 부칠이에게 신긴 것이었다. 분이는 맨발이 된 부칠이를 보고 연신 고개를 저었지만, 부칠이는 버선을 누이 손에 씌우고 버선 끝을 묶여진 밧줄 안으로 야무지게 밀어 넣었다. 풀어진 분이 발싸개도 단단히 감아 묶고 짚신을 벗어 누이에게 신겼다. 부칠이는 맨발이 되었다. 그래도 누이에게 더 주고만 싶었다.

부칠이는 그렇게 누이를 빼앗겼다.

상감하는 날

부칠이는 풀무간 담으로 난 화덕 앞에 앉았다. 곡우를 지낸 봄볕이 마당을 가득 채우고 부칠이 등에도 내렸다. 쑥버무리를 나누어 먹은 일꾼들이 안으로 들어가고 숫돌에 쇠를 가는 야장만 우물가에 남았다. 잠시 후, "허이야 땅! 헤이야 땅!" 하는 메 소리와 일꾼들 기합 소리가 풀무간에서 새어 나왔다.

'진작 튀었어야 했는데.'

부칠이는 부지깽이로 화덕 속을 헤집으며 화풀이를 했다. 불티가 사방으로 튀었다. 장터에서는 장사가 한창일 시각이었다. 더 늦었다가는 큰 손님을 다 놓칠 게 뻔했다.

언제 왔는지 쇠를 갈던 야장이 부칠이 머리를 쥐어박았다.

"이눔, 조심성 없이. 불티가 곧 큰 불이 된다고 하지 않았어?"

그러거나 말거나 부칠이는 화덕 속을 쑤셔 가며 장작을 밀어 넣었다.

야장이 옆 화덕에서 시뻘겋게 달아오른 철을 집게로 집어내어 모루에 놓고 두어 번 두들겨 무른 정도를 가늠해 보고는 풀무간 안으로 가지고 갔다.

무수막은 철이 많이 나서 수철리라고도 불렀다. 무수막 장터 골목 안에 있는 풀무간이 도검장이 하는 대장간이었다. 삼대를 이어온 곳답게 철을 뽑아내는 상형로와 가마를 갖추고 있었고, 쇠를 두들겨서 할 수 있는 것이라면 무엇이든지 만들어 냈다. 무수막 인근에서 밥을 끓여 먹는 집이면 풀무간에서 만든 기물 하나씩은 가지고 있을 정도였다. 왜란이 일어났을 때엔 병장기를 만들어 배로 실어 나르느라 일꾼을 서른 명도 더 두었다.

풀무간을 이어받은 이번 도검장은 철을 다루는 일 중에서도 검을 만드는 재주가 남달랐다. 도검장 중에서도 드물게 글을 깨쳐서 인근 대갓댁에서 소용되는 검 제작을 도맡다시피 하고 있었다. 무뚝뚝하고 깐깐한 성격 탓에 함께 일하는 야장들은 그를 어려워했지만, 그만큼 빈틈없고 야무진 솜씨 덕에 양반들은 입이 마르도록 칭찬했다. 연이은 전쟁만 없었더라면 지난겨울에도 대갓댁 심부름꾼이 검을 주문하는 서찰을 들고 문턱이 닳도록 도검장을 찾아왔을 것이다.

오늘은 도검장이 검신에 상감을 하는 날이었다. 장가를 들어 분가하는 아들 사랑방에 둘 보검을 주문한 대갓댁에서 용맹과 기백이 담겨 있는 액막이 글을 보내왔다. 검신에 글이나 문양을 새기고 그 홈에 금이나 은을 채우는 상감이 들어가는 보검은 양반가에서도 귀하게 여겼다. 이런 보검은 뛰어난 상감 기술을 가진 도검장을 찾는 일도 중요하지만 비용이 많이 들어 일반 무인들은 엄두도 내지 못했다.

부칠이가 장날인데도 해가 중천에 가도록 화덕 앞에 있는 이유는 바로 상감 작업 때문이었다. 이제 겨우 철을 두드려 불순물을 빼는 일을 배우는 부칠이에게 검신에 상감을 하는 기술은 기어 다니지도 못하는 아이에게 말타기 기술을 보여 주는 것과 같았다. 부칠이는 메를 다루는 일이 서툴러 철을 놓치거나 엉뚱한 곳을 내려쳐서 야장들에게 머리를 쥐어박히기 일쑤였다. 그러나 도검장은 달포 전부터 일꾼 모두에게 이번 상감 작업에 참석할 것을 명했다. 올해 처음으로 제작하는 보검이기 때문이었다.

"그냥 없는 놈으로 치시지."

부칠이가 콧등을 튕기며 중얼거렸다. 아비 등짐에 올라타고 장터를 돌던 버릇 때문인지, 부칠이는 궁둥이를 붙이고 지그시 있는 것을 못 견뎌 했다.

궁둥이를 내려놓기만 하면 지금처럼 눈꺼풀이 내려앉았다. 쿵! 땅! 쿵! 땅! 큰 메와 작은 메가 번갈아 내는 장단에 맞춰 부칠이 고개가 까딱, 또 까딱 떨어졌다. 열다섯이 되도록 한 번도 자르지 않은 긴 머리끝에 달린 댕기가 불 가까이에서 아슬아슬하게 흔들렸다.

"아, 앗 뜨!"

부칠이가 펄쩍 튀어 올라 이마를 싸쥐고 우물가로 달려가서 허리 높이만 한 물독에 머리를 처박았다. 아흐흐흐, 차가운 물에 진저리를 쳤다.

풀무간에서 나오던 도검장이 부칠이가 하는 꼴을 보았다.

"네놈이 살아서 화탕 지옥을 맛보고 싶은 게로구나!"

부지깽이가 부칠이 등에 철썩 떨어졌다.

놀라 달아나던 부칠이는 도검장이 부지깽이를 던지고 안집으로 들어가는 것을 본 후에야 흠뻑 젖은 얼굴을 앞섶에 닦았다. 어제도 오늘 내어 갈 짚신 개수를 맞추느라 밤을 샜다. 불 앞에서 졸다가 도검장에게 혼이 난 것도 벌써 여러 번이었다.

부칠이는 수없이 담금질을 해서 두드리는 철에는 도무지 흥미가 없었다. 매일 두드리고 주물러도 제 모양을 못 갖추는 쇠붙이보다는 앉은 자리에서 만들어지는 짚신이 더 좋았다. 삼복더위에도 꼼짝없이 불 옆에 있어야 하는 야장 일보다는 짚신을 메고 장터로 나가는 것이 훨씬 좋았다. 장마당으로 나가면 속이 뻥 뚫리는 데다가 온갖 구경도 할 수 있었다. 부칠이가 엉덩이를 붙이고도 졸지 않을 때는 짚신을 삼을 때뿐이었다.

부칠이가 화끈거리는 이마에 싸리나무 기름을 바르고 온 사이에 화덕 앞에 뚜막이가 와 있었다. 저고리 솔기가 터질 듯 살집이 많은 뚜막이가 부칠이를 보고 바닥의 것을 불 속에 집어넣었다.

"야! 넣지 말라니까. 어르신 아시면 불호령 떨어져."

"알 게 뭐야, 어르신이 화덕 청소하는 거 아니잖아."

"꼭 속을 봐야 알아? 냄새가 다른데. 뭘 넣은 거야?"

"알 거 없어."

뚜막이가 남아 있는 보따리를 훌훌 감아 화덕 안으로 던져 버리고 손을 털었다.

"자식이."

부칠이가 뚜막이를 밀어내고 부지깽이로 불이 붙은 보따리를 끌어냈다. 벌써 냄새가 올라오고 있었다. 부칠이는 서둘러 불을 끄며 도검장이 들어간 안집을 힐끔거렸다. 화덕엔 불땀이 좋은 참나무만 넣어야 했다. 다른 것이 들어가면 도검장이 금방 알아차리고 달려 나와 부지깽이를 휘둘렀다. 도검장은 아무리 솜씨가 좋아도 제 방식을 따르지 않는 일꾼은 매를 쳐서 내쫓았다. 뚜막이도 쫓겨났다가 사나흘 만에 집으로 돌아오기를 반복했다. 등에 매 자국이 가실 날이 없는 부칠이도 쫓겨날 뻔했던 적이 여러 번이었다.

부칠이는 타다 만 보따리를 구석으로 던져 버렸다. 장작더미 사이에 박힌 보따리에서 몽당붓 한 자루가 떨어졌다. 짧은 붓대 끝에 작고 고운 푸른 깃털이 달려 있었다. 부칠이는 윤기 나는 깃털을 쓸어 보고 붓을 바지춤에 찼다.

부칠이가 어깨를 거들먹거리며 가는 뚜막이를 불러 세웠다.

"뚜막이, 너 형님 되냐?"

야장들이 쑥버무리를 먹으면서 안댁이 아기를 가졌다고 쑤군대는 걸 들었다. 안댁은 뚜막이 어미인 벙어리댁이 죽고 난 후, 지난가을 안집에 새로 들어온 아낙이었다.

"뭐? 누가 그래?"

뚜막이가 얼굴이 벌겋게 달아올라 소리를 빽 질렀다.

"동짓달이라던데? 그래서 요즘 어르신이 일하다가도 안집으로 들어간다고."

부칠이가 시시덕거렸다. 볼을 실룩거리며 걸어가는 뚜막이 표정이 볼만했다.

그때 부칠이 발 앞에 표창이 떨어졌다. 뚜막이가 우물 뒤에서 부칠이를 겨누고 있었다. 겨우내 나무를 깎아 표창을 만들어 목표물을 맞히는 연습을 하더니……. 부칠이는 땅에 떨어진 표창을 화덕 안으로 쓸어 넣었다. 다시 날아온 표창이 부칠이 뒤통수에 제대로 맞았다.

“얼씨구, 째마리 같은 놈이 꼴값은!”

뚜막이가 부칠이에게 달려왔다.

부칠이는 싸리비를 내던지고 잽싸게 화덕 옆으로 난 뒷문으로 빠져나갔다. 째마리는 도검장이 뚜막이를 혼낼 때 하는 말이었다. 부칠이는 장터로 가는 길을 두고 뒷산 오르막으로 달렸다. 큰 덩치에 다리가 짤따란 뚜막이는 기를 쓰고 달려도 부칠이를 따라잡지 못했다.

뚜막이가 헐떡이며 욕을 퍼부었다.

“장돌뱅이 거지새끼! 나가 죽어.”

부칠이는 뚜막이 꼴이 우스워 킥킥거렸다.

“새끼, 넌 이제 나한테 안 돼.”

부칠이는 더 이상 뚜막이에게 얻어맞고 풀무간 담에서 울고 섰던 이 년 전의 어린아이가 아니었다. 도검장이 부칠이를 거두어 동갑내기 뚜막이와 한방을 쓰게 했을 때, 부칠이는 밤마다 뚜막이에게 맞고 쫓겨났다. 뚜막이는 이제 저보다 키가 큰 부칠이에게 함부로 덤비지는 않지만 거지 취급을 하는 것은 여전했다. 그러나 부칠이는 그딴 말에 맘을 쓰지 않았다. 식구들에게조차 못난 찌꺼기 취급을 받는 뚜막이가 저보다 더 나아 보이는 게 없어서였다.

부칠이는 뚜막이가 쫓아내지 않아도 돈이 마련되면 풀무간을 나갈 생각이었다. 장사꾼들을 따라 국경까지 가 볼 계획이었다. 누이가 끌려갔다는 곳을 먼발치에서라도 보고 싶었다.

뚜막이는 일찌감치 메를 잡아서 철을 다루는 솜씨가 제법이지만 도무지 일을 하려 들지 않았다. 왈패들과 어울려 물건을 훔치는 것은 물론이고, 이젠 술까지 마시고 다녀서 풀무간에서뿐만 아니라 장터에서도 골칫덩이였다. 짝이라도 지어 주면 마음을 잡을까 하고 야장들이 아무리 수소문해도, 인근에서는 뚜막이에게 선뜻 처자를 주겠다는 자가 없었다.

그런 뚜막이에게 동생이 생긴다는 것이다. 안댁을 어머니로 대하지 않는 데다 언젠가부터 도검장마저 아버지라 부르지 않는 뚜막이에게 말이다. 뚜막이는 도검장을 다른 일꾼들과 같이 어르신이라고 불렀다.

부칠이는 뚜막이가 따라오지 않는 것을 확인하고 길을 되짚어 삼거리 주막으로 내려갔다. 재너미와 우시장과 장터로 갈라지는 곳에 있는 삼거리 주막은 장날엔 끼니때와 상관없이 종일 붐볐다.

"부칠이 오냐? 짚신은 얼마나 가지고 왔냐?"

주모 지평네가 마루에 걸레질을 하다가 돌아보았다.

"아차, 잊어버렸네. 뚜막이 자식 때문에."

부칠이가 제 머리통을 쥐어박는 것을 본 아저씨가 껄껄 웃었다.

"말도 마라. 그놈 패거리가 아침나절에 한바탕 쓸고 가서 우리도 혼을 쏙 뺐다."

"뚜막이 하는 꼴을 보면 누가 대쪽 같은 도검장 어르신 아들이라고 하겠어? 그 어미도 심성 하나는 고왔는데 어쩌다 저런 망나니 씨를 떨어뜨렸을꼬?"

지평네가 맞장구를 쳤다.

부칠이는 뚜막이 흉을 보는 부부 말을 웃어넘기고 사람들을 살폈다. 장사꾼들 중에는 심양 소식을 가지고 오는 자가 있었다. 그들은 잡혀간 사람들이 보내온 서찰을 전해 주거나 고향으로 돌아올 수 있게 줄을 대 주고 돈을 챙겼다.

전쟁이 끝나고 심양으로 끌려간 조선인은 헤아릴 수 없을 만큼 많았다. 한성보다 더 춥고 겨울이 길다는 심양에서 조선인은 짐승과 다를 바 없다고 했다. 포로들 중 태반이 길에서 맞아 죽고, 얼어 죽고, 살았어도 동상으로 발가락이 떨어져 나가 걷지 못해 버려졌다고 했다. 사람들은 제 식구를 찾아오려고 온갖 방법을 모색하고 있었지만 조정에서는 지난가을 추수가 끝나자 또 처자와 장정들을 모아 심양으로 데려갔다. 청에서 계속 조선인을 요구한다고 했다.

인질로 잡혀간 소현 세자와 봉림 대군이 있는 곳도 심양이었다. 부칠이는 누이도 그곳에 있을 거라고 믿었다. 들리는 소문엔 임금이 세자 걱정으로 밤잠을 설친다고 했다. 그러고 보면 궁궐에 사는 임금도 식구를 찾아오지 못해 애가 타는 부칠이와 다를 게 없었다.

누이 분이가 소식을 보내온다면 충청도 숨골이 아니라 이곳 풀무간일 터였다. 끌려가는 누이가 울먹이며 당부하던 말을 부칠이는 똑똑히 기억했다.

"무수막에 있어. 그래야 아부지 만나. 여기서 꼼짝도 마."

부칠이는 그날만 생각하면 아직도 몸이 떨리고 가슴 한편이 쿵 내려앉았다.

동지사를 따라 매년 심양에 드나든다는 털보 역관이 작년 심양으로 가기 전에 부칠이에게 한 말이 있었다.

"누이가 내년에 열여섯이라고? 그런 처자는 값이 후하게 매겨질 터이니 걱정 없다. 누이는 조선에 오는 것보다 그곳에 있는 게 낫다. 내가 조선으로 데려온 아녀자들 중에서 살아서 집 문턱을 넘는 걸 못 봤다. 아니, 죽어서도 못 들어가지. 집에서 내쫓기고는 청에서 데려온 나를 원망하는 아녀자도 있었다. 누이는 평생 산해진미에 원앙금침으로 호강할 테니 그만 잊어라. 네까짓 게 평생 돈을 모아도 누이를 찾아올 수 없다는 건 알고 있겠지?"

역관은 수염에 묻은 탁주를 털어 내며 술주정 같은 말을 했지만 부칠이는 심양 소식이라면 아무거라도 듣고 싶었다.

오늘도 털보 역관이 보이지 않았다. 지난해 동짓달에 청으로 떠났으니 경칩이 지나고는 한성으로 돌아왔을 텐데……. 부칠이는 습관처럼 장꾼들이 내려놓은 보따리 사이를 다니며 코를 킁킁거렸다. 건어물은 없는 듯했다. 어릴 적 방 한구석엔 늘 건어물 보따리가 놓여 있었다. 분이에게도 아비 바우에게도 언제나 쿰쿰하고 비릿한 냄새가 났다. 부칠이에게 건어물 냄새는 식구들 냄새였다.

"허허, 개코가 따로 없네. 어서 장터로 나가 봐. 짚신은 해 떨어지기 전에 가져오고."

아저씨가 부칠이를 내몰았다.

부칠이는 해를 노려보고는 어물전이 있는 무수막 나루터로 내달렸다. 봄볕이 젖은 앞섶을 말려 주었다. 땋아 내린 머리꽁지가 덜름한 저고리 허리춤에서 까불어 댔다. 늦게 돌아가면 도검장에게 혼찌검이 나겠지만 아무려면 어떠랴. 왁자지껄한 풍경들 사이로 강바람을 타고 오는 봄 냄새를 맡으니 우쭐우쭐 절로 신이 났다.

나루터 가까이 있는 어물전까지 오자 비릿한 냄새가 올라왔다. 장날마다 보는 낯이 익은 장사꾼이 부칠이에게 아는 체를 했다.

"부칠아, 냉큼 손님 물어 와라. 해가 넘어가게 생겼는데 마수걸이도 못 했다."

어물전을 휘둘러본 부칠이는 나루터로 내려가며 오늘도 허공에 대고 중얼거렸다.

"아부지, 다음 장엔 꼭 오셔야 해요."

누이와 헤어져 혼자 아버지를 기다린 봄이 벌써 세 번째였다. 생사를 알 수 없어도 기다리는 마음은 한결같았다.

배가 들어온 지 얼마 되지 않았는지 사람들이 나루터에서 짐을 지고 올라왔다. 부칠이는 갓을 쓴 어른이 지게를 진 하인과 함께 뒤늦게 배에서 내리는 것을 보았다. 한눈에 대갓집에서 나온 사람이라는 것을 알 수 있었다. 부칠이는 어른 앞으로 달려가 넙죽 절을 했다.

"나리, 어서 오십시오. 찾으시는 게 무엇입니까? 제가 장터로 모시겠습니다."

갓을 쓴 어른 대신 지게를 진 하인이 말했다.

"잔치 장을 보러 왔다."

부칠이는 반가운 마음에 냉큼 하인이 진 지게를 벗겨 내어 대신 졌다.

"잔치 장이면 골고루 구색을 갖춰야 하지 않습니까? 우선 물고기가 펄떡펄떡 살아 있는 어물전으로 모시겠습니다. 싱싱하지 않으면 곧장 물리셔도 됩니다."

갓 쓴 어른은 부칠이 말투가 재미있다는 듯 수염을 쓸어 가며 웃었다.

그때 어디서 나타났는지, 웬 더벅머리 아이가 갓 쓴 어른 앞에 풀썩 엎드렸다. 긴 머리카락을 잘랐는지, 자른 머리카락을 기르고 있는 중인지, 이마에 동여맨 수건 위로 머리카락이 삐죽이 솟아 있었다. 장날마다 몰려나오는 거지들 틈에 있어도 구별이 안 될 정도로 땟물이 줄줄 흘렀다.

"헤에, 나리. 이 떡점이 놈이 강화에서 오는 배에서 직접 생선을 내렸습지요. 어물전 장사치들도 모두 그 배로 달려갔습지요. 헤에, 그러니 어물전까지 가실 것 없이 여기서 사시면 싸고 싱싱한 것을 고르실 수 있습니다요. 헤에."

부칠이는 얼른 더벅머리 앞을 막고 섰다.

"나리, 장터로 가시죠. 생선뿐 아니라 고기며 과일이며 골고루 필요하실 터이니 어차피 장터로 올라가셔야죠."

"헤에, 나리. 그러면 생선은 여기서 골라 놓고 다녀오십시오. 일찍 고르실수록 좋은 것으로 가져가실 수 있지요. 그동안 이 떡점이 놈이 생선을 맡아 놓고 있겠습니다요. 헤에."

부칠이가 발끈해서 더벅머리를 밀쳤다.

"꺼져라. 내 손님이다."

더벅머리는 옆구리를 부여잡고 죽는 소리를 냈다.

"아구메, 형님. 떡점이 놈이 어쨌다고 그러십니까?"

부칠이는 기가 딱 막혔다.

"언제 봤다고 형님이야? 썩은 내가 진동하는 놈이 싱싱한 생선은 무슨, 가서 씻기나 해."

더벅머리가 히죽거리며 머리를 벅벅 긁었다. 옆에 있던 손님이 도포자락을 털어 내며 싫은 기색을 했다. 부칠이는 잽싸게 장터로 손님을 이끌었다.

'떡점이라고? 못 보던 놈인데.'

갑자기 나타나서 손님을 채 가려는 더벅머리의 능청을 보니 보통내기가 아니었다. 주머니 속 나무 표창이 부칠이 손에 잡혔다. 부칠이는 헤벌쭉 웃고 있는 더벅머리를 향해 표창을 던졌다. 표창은 더벅머리 발에도 미치지 못하고 땅에 떨어졌다. 부칠이는 일이 끝나면 제 구역을 넘보는 더벅머리를 찾아내어 혼내 주리라 다짐했다.

어물전 가까이 왔을 때였다. 갑자기 부칠이 뒷덜미가 번쩍 들리더니 무언가 목을 옥죄었다. 숨이 막힌 부칠이가 괴성을 지르며 버둥거렸다.

"아구메, 왜…… 이건 놓고…… 커억!"

남자가 부칠이를 돌려 세워 멱살을 잡았다. 두건을 머리에 두른 채 죽도를 들고 행전을 친 남자는 금방이라도 장터를 휘저을 기세였다.

남자가 부칠이를 구석으로 몰아붙이고는 어깨에 멘 지게를 벗겨 던져 버렸다.

"훔친 건 어디로 빼돌렸어?"

부칠이를 따라오던 손님이 놀라 물었다.

"이 아이가 무얼 훔쳤다 했소?"

"아닙니다! 손님. 저는 아무것도 훔치지 않았습니다."

"낭패 보고 싶지 않으면 갈 길 가십시오."

무섭게 노려보는 남자의 기세에 손님이 불쾌해하며 부칠이를 두고 멀어졌다.

남자가 부칠이의 몸을 뒤졌다. 훔친 게 없으니 당연히 나올 것이 없었다. 남자는 부칠이 바지춤에 있는 깃털 달린 붓을 떼어 내어 만지작거렸다.

"글을 아느냐?"

"글도 모르는데 붓을 가지고 다니겠어요?"

아주 까막눈은 아니었지만 안다고도 할 수 없는, 겨우 몇 자를 익힌 정도였다. 그래도 무작정 도둑으로 몰아붙이는 남자에게 기가 죽긴 싫었다. 불뚝대는 부칠이에게 죽도가 날아들었다. 부칠이는 흙바닥에 그대로 꼬꾸라졌다.

장이 파할 시각이었다. 안댁이 골목 끝까지 나가 보아도 부칠이가 보이지 않았다. 장날이니 장터로 나갔을 테지만, 그래도 오늘은 일찍 돌아왔어야 했다. 도검장이 상감 작업을 준비해 놓고 기다리고 있었다. 야장들이 자리를 잡고 뚜막이까지도 얌전히 문 쪽에 섰다. 안댁은 풀무간 골목을 다시 한 번 내다보고는 대문을 닫아걸었다.

"마음먹고 내뺐다니까. 배울 생각도 없는 놈을 왜 거둬?"

뚜막이는 어린 일꾼을 대하듯 안댁을 향해 쏘아붙였다. 안댁은 뚜막이에게 눈길도 주지 않고 서둘러 안집으로 들어갔다.

들창을 닫은 풀무간 안은 사방으로 불이 밝혀져 있다. 앞줄엔 야장들이 앉고 뒤로는 잡일꾼들이 자리를 잡았다. 탁자 앞에 앉은 도검장이 칼집을 싸고 있던 천을 풀어내어 가오리 가죽으로 만든 칼집에서 검을 꺼냈다. 날을 세운 검신이 모습을 드러냈다.

마흔을 넘긴 도검장은 정수리가 허옇게 세기 시작했고 얼굴에는 불과 철이 만들어 낸 흉터가 마맛자국처럼 남았다. 화상으로 쪼그라든 왼쪽 뺨과 날카로운 눈매가 더해져 사람들에게 두려움과 거부감을 불러일으켰다. 얼굴뿐만 아니라 도검장의 몸 전체에 불 앞에서 지낸 세월이 새겨져 있었다. 돌처럼 단단한 손바닥에는 불꽃에 사윈 검은 재가 실주름에까지 들어차 있었다.

도검장은 뭉툭한 손가락으로 검신을 몇 차례 쓸어 보고는 고개를 들었다.

"철을 다루는 일은 심신을 다루는 일이다. 수천수만 번 두드린 철은 강하면서도 부드러운, 부드러우면서 질긴, 질기지만 휘어지고, 휘어질지언정 부러지지 않는 검이 된다. 벼린 검신은 손끝이 아니라 벼린 정신에서 나온다. 강하기만 한 것은 쉽게 부러지고 날카롭기만 한 것은 스스로를 망가뜨린다. 이것이 검을 만드는 자세다."

도검장은 사발에 든 물로 목을 축이고 주위를 둘러보았다.

"작은 것 하나라도 결정 짓기 전에는 사방을 살펴라. 상감을 할 자리보다 함께 어우러질 전체를 보아야 한다. 이것이 상감을 하는 자세다. 사람도 이와 같다. 비집고 들어갈 자리보다 함께 어우러질 곳을 찾아야 한다."

도검장이 돌아오지 않은 부칠이를 두고 이르는 말이었다.

'싫다면 하는 수 없지.'

정신을 모아야 할 때에 부칠이가 도검장 마음을 흩뜨려 버렸다.

사람을 함부로 쓰지 않는 도검장이 장터 거지나 다름없는 부칠이를 잡일꾼으로 거둔 데는 이유가 있었다. 겨울이면 거지들이 따뜻한 곳을 찾아 풀무간으로 오는 것은 예삿일이었다. 가끔 가마에 불을 넣어 작업을 할 때면 장터 거지들이 가마 불이 사그라질 때에 맞춰 몰려오곤 했다. 거지들은 겨울에 온기가 남아 있는 가마에 들어가 봄이 와도 나오지 않았다. 그럴 때면 불을 넣을 거라고 엄포를 놓아 쫓아내야만 했다. 그해 겨울, 화덕 앞에서 자고 가는 거지들 틈에 오누이가 있다는 것도 알고 있었다. 누구든 겨울을 지낼 동안만은 참아 줄 생각이었다.

그러다 청군이 풀무간에 들이닥친 날, 도검장은 식솔을 따라 미처 숨지 못하고 청군에게 잡혀 양주까지 끌려갔다. 천운이었던지, 그 아수라장에서 이시년 판서 눈에 띄어 간신히 살아서 돌아올 수 있었다. 몇 해 전 성년식을 치른 이 판서 자제의 검을 만든 인연에서였다. 이 판서는 도검장을 돌려받으며 청군에게 처자를 서른 명이나 내어 주었다. 철을 다루는 기술을 가진 도검장은 청에서 몹시도 탐을 내는 포로였던 것이다. 이 판서는 도검장을 한성까지 데려다 주며 어떤 요구도 하지 않았다.

가까스로 살아 돌아온 도검장이 풀무간 담 벽에서 꼼짝도 않는 사내아이를 모른 체할 수가 없었다. 사내아이는 청으로 잡혀간 누이를 기다린다고 했다. 도검장은 자기 대신 잡혀간 처자들이 어떤 일을 겪고 있는지 잘 알고 있었다. 양주까지 끌려가는 동안 몸서리치도록 끔찍한 일을 당하는 처자들을 숱하게 보았던 것이다.

도검장은 그날로 부칠이를 풀무간에 들였다. 부칠이는 장터에서 보고 들은 게 많아서인지 눈치가 빠르고 야장들 비위를 맞출 줄도 알았다. 뻣뻣하고 뭉툭하게 굴어서 매를 맞기 일쑤인 뚜막이와 달리 대갓댁 심부름도 영특하게 잘 해내어 쓰임새가 많았다. 얼마 전부터는 바깥 집 야장에게 쥐어박히며 셈과 글을 배우는 눈치였다.

그러나 도검장은 철을 두드리는 일이 부칠이에게 맞지 않는다는 걸 진작 알아보았다. 부지런하고 재바르기만 할 뿐 끈기 있게 철을 다룰 놈은 아니었다. 평생 밥벌이로 알고 마음을 다잡을 아이도 아니었다. 아비와 누이 소식을 알아본다는 이유로 밖으로만 도는 부칠이를 눈감아 주고 있지만, 싫다는 놈을 잡아 둘 날도 길지 않았음을 잘 알고 있었다.

도검장이 검신을 쓸어 보고는 손으로 가늠한 곳에다 날카로운 정을 조심스레 올려놓았다. 시선이 한곳으로 모였다.

목련 꽃잎

행이는 마루에 앉아 봄이 한창인 마당을 보았다. 다붓한 별당 마당에 아지랑이가 피어올랐다. 안채로 난 문을 사이에 두고 우람한 목련 두 그루가 서 있었다. 흐드러지게 피어 떨어질 일만 남은 백목련보다 소복한 밥주발처럼 이제 막 봉오리가 열린 자목련이 파란 하늘 덕에 도드라졌다. 자목련은 별당 마당이 비좁은 듯 담 너머에까지 가지를 내어놓았다. 흰 구름이 두 목련 사이에 이불 홑청처럼 걸려 있었다.

행이는 아홉 살 때까지 산유각에서 살았다. 산유각은 낮엔 일꾼과 장사꾼이, 해가 지면 양반들이 드나드는 기방이었다. 행이는 산유각 주인을 어매라고 불렀다. 해가 지면 행이는 뒤채에 남아 혼자 잠들어야 했지만, 원하는 것은 무엇이든 할 수 있었다. 문갑을 뒤지고 사방에 먹 그림을 그리는 놀이를 하다가 옷가지와 장신구를 꺼내어 놀았고, 그게 싫증나면 뒤채 마당에 널어놓은 색색가지 치마들 사이로 뛰어다녔다. 뒤채에서 나오지만 않으면 무엇이건 마음대로 할 수 있었다.

그러다가 병자년 겨울, 행이는 낯선 사람들을 따라 피란을 갔다. 청군이 송도를 넘었다는 급보가 조정에 당도한 날이었다. 전쟁을 피해 있다가 해를 넘긴 후에 돌아온 곳이 최 부사댁이었다.

두 해 전, 행이가 처음 이곳에 오던 날도 오늘처럼 맑은 봄날이었다. 유모를 따라 들어간 별당엔 옥란이 있었다. 자신보다 세 살이 많은 옥란은 또래를 만나서 좋았던지 늦은 밤까지 행이를 옆에 두었다. 낯선 곳에 와 겁을 먹은 행이도 옥란이 덕분에 조금씩 마음이 놓였다. 둘은 금방 친해졌지만 처지는 너무도 달랐다. 옥란은 최 부사댁 무남독녀였고 행이는 기방에서 살던 아이였다.

목련 꽃잎이 바람도 타지 않고 툭 떨어졌다. 행이는 옥란이 방을 살짝 돌아보고 마당으로 내려섰다. 좋은 것, 예쁜 것은 언제나 옥란의 몫이었지만 지금은 행이 혼자였다.

행이에게도 좋은 것이라면 넘치도록 많은 시절이 있었다. 산유각 기생들이 어린 행이를 제 무릎에 앉히려고 앞다투어 예쁘고 귀한 것을 행이 손에 쥐어 주었던 때가 있었다. 행이는 장롱마다 넘쳐났던 옷들이며 장신구들이 어찌 되었을지 궁금했다. 방 한편에 쌓여 있던 책들과 아무리 먹어도 줄지 않던 주전부리 광주리는 또 어찌 되었을까?

행이는 치마를 펼쳐 들고 상처 나지 않은 꽃잎부터 줍기 시작했다.

"시들지도 않았는데, 왜 벌써 내려왔지?"

행이가 도도한 대갓댁 아가씨 흉내를 냈다.

"이젠 내려가고 싶어요. 세상 구경은 충분히 한걸요."

앙증맞은 목소리가 답을 했다.

"난 나무에 올라서라도 밖을 보고 싶은데."

"호호호, 행이 아가씨는 올라갈 수 없는걸요. 하지만 제가 본 세상 이야기를 해 드릴게요."

행이는 꽃잎을 흔들어 반겼다. 손바닥만 한 백목련 꽃잎에서 새콤한 향이 났다.

"정말? 어디까지 보여? 산유각이 보여?"

"아가씨, 산유각은 너무 멀어요."

다정했던 목소리에 슬픔이 담겼다.

"아가씨? 난 아가씨가 될 수 없어. 나 같으면 나무에서 살겠다. 떨어지고 나면 그만인걸."

오랜만에 해 본 놀이도 재미가 없다. 행이에게 혼잣말하는 버릇이 생긴 건 동무 없이 지낸 산유각에서였다.

'날도 좋은데, 산유각 어매한테 가 봤으면.'

꽃잎을 툇마루에 부려 놓으며 봄날 어매를 따라 장 구경을 갔던 때를 떠올렸다. 사당패 아이가 무등을 타고 장마당을 돌던 것과 어매를 잃어버려 울었던 기억이 선명했다.

그때 유모가 면포를 한 아름 안고 별당으로 들어왔다.

"하이고, 신선놀음하고 자빠졌네. 먹지도 못하는 것을 주워서 뭐에 쓰냐?"

유모가 꽃잎을 보고는 주먹을 쥐어 보였다.

“풀이나 뽑을 일이지. 풀이 발에 감기게 생겼구먼.”

유모는 행이가 하는 것마다 면박을 주었다. 유모뿐이 아니었다. 최 부사댁 사람들에게는 기방에서 자란 아이가 옥란과 함께 있는 것이 눈엣가시였다.

행이가 최 부사댁에 오고 얼마 지나지 않은 어느 날, 사랑채 담에 섰던 하인이 지나가는 행이를 불러서 궁둥짝을 보니 이태 후면 남자를 후리고도 남을 거라며 희롱을 했다. 마루에 나와 소세를 하던 최 부사가 담 밖 소리를 듣고 불같이 화를 냈다. 그러고는 온 집안 일꾼들을 마당에 불러 세웠다.

“감히 이 아이를 종으로 부렸단 말이냐? 이 아이를 함부로 대하면 어떻게 되는지 똑바로 보아라.”

행이는 부들부들 떨며 최 부사가 시키는 대로 일꾼들 앞에 서 있어야 했다. 행이에게 농지거리를 한 하인은 멍석말이를 당하고 광에 갇혀 사흘을 굶고서야 풀려났다. 그리곤 사랑채 수발이나 들던 한직에서 평생 똥지게를 지는 곳으로 내쳐졌다.

그날 이후, 뒤에서는 태생도 모르는 더러운 것이라고 수군거려도 행이를 함부로 대하는 사람은 없었다. 유모도 상전이 늘었다며 심통을 부렸지만 오늘처럼 말로 지청구를 먹일 뿐 차마 쥐어박지는 못했다. 행이를 마음대로 부릴 수 있는 사람은 옥란이뿐이었다.

그런 행이도 마냥 편안한 것만은 아니었다. 최 부사가 이따금씩 행이를 사랑채로 불러 안부를 물었고, 아프지 않아도 의원에게 보이기까지 했던 것이다. 그러나 행이를 대하는 눈빛이며 행동이 얼음장처럼 차가웠다. 게다가 집 밖으로 나가는 것을 금하는 바람에, 행이는 최 부사댁으로 온 후로 한 번도 대문 밖으로 나가지 못했다.

"누구는 기생에게 떨어진 나리 씨가 아니냐고 하지만 어림없지, 어림없어. 아무렴, 나리 눈빛을 보면 알지, 알아."

개코쥐코 떠들어 대기 좋아하는 유모는 묻지도 않은 말을 하고 다녔다.

평소보다 일찍 공부를 끝낸 글 선생이 역정을 내며 별당을 나갔다. 마당으로 나와 다소곳이 인사를 마친 옥란이 돌아서며 쏘아붙였다.

"고집쟁이 늙은이. 내가 하면 하는 거지."

유모는 깜짝 놀라 글 선생이 나간 문을 살폈다.

"들으면 어쩌시려고, 혼사 앞두고 흉한 소문이라도 나면 큰일입니다."

"듣기 싫어."

유모가 찔끔 놀라서 입을 다물었다.

유모는 옥란의 성미를 알면서도 수더분하게 넘어가는 법이 없었고, 옥란은 유모를 타박하면서도 내치지 않고 옆에 두고 있었다. 유모가 입을 다물 때에는 옥란이 듣기 싫다는 말을 할 때뿐이었다. 그 말을 무시하고 한마디만 더 했다가는 혼찌검이 난다는 걸 알고 있었다.

행이는 마루에 부려 놓은 꽃잎을 보고 눈을 흘기는 옥란을 자목련 아래로 끌었다. 옥란을 위해 떨어진 자목련을 남겨 두었던 것이다. 금방 시들 꽃잎이지만 아직은 곱기만 했다.

"하이고 아가씨까지. 이건 말려도 가을 문창에 바르지도 못하는 것을."

행이는 유모가 뭐라건 옥란과 나란히 꽃잎을 주으니 마음이 놓였다.

아침나절 행이를 꾸짖던 옥란이 화가 모두 풀린 것 같았다.

"목련을 옥란화라고 부르는 거 알아?"

"그럼요. 아가씨가 말씀해 주셨잖아요."

자목련 꽃잎이 백목련 꽃잎과 나란히 놓였다. 옥란이도 행이만큼이나 꽃을 좋아해서 별당 마당엔 계절마다 피는 꽃들이 골고루 심어져 있었다.

별안간 문밖에서 기침 소리가 났다. 행이가 후다닥 일어나는 것과 동시에 최 부사가 성큼 걸어 들어왔다. 행이는 최 부사 눈길을 피해 어깨를 동그랗게 말아 옆으로 비켜섰다.

"행이와 함께 글공부를 하겠다고?"

최 부사가 다짜고짜 물었다.

행이는 어쩔 줄 몰라 하며 쩔쩔맸다. 옥란은 저고리 앞섶을 지그시 누르고 고개를 숙이는 것으로 답을 했다. 흠잡을 데 없이 정숙한 몸짓이었다.

아침에 소란이 있었다. 옥란은 행이가 글을 읽고 쓸 줄 안다는 걸 어떻게 알았는지 그동안 도둑 공부를 했느냐고 행이를 다그쳤다. 유모가 나서서 글이라는 게 훔쳐본다고 깨칠 수 있는 것이냐며 옥란을 달래 봤지만 소용없었다. 급기야 옥란은 글 선생이 오면 실력을 시험해 보겠노라고까지 했다. 결국 행이가 무릎을 꿇고 비는 것으로 옥란을 달랬다.

"유모, 어찌 된 일인지 말해 보아라."

"아이구, 아니옵니다. 아가씨가 마음을 써 주시느라고 행이에게도 글을 배우라고……."

유모가 언변 좋게 둘러댔다.

“뭐라? 이 아이에게 글을 가르쳐?”

행이는 최 부사 시선에 고개를 푹 떨구었다.

옥란이 다소곳이 최 부사를 불렀다.

“아버님, 동무와 함께 배우고 익힌다면 기쁨도 실력도 배가 되겠지요. 행이와 함께 공부를 하고 싶습니다.”

“동무? 이까짓 게 동무란 말이냐?”

행이에게로 향하던 최 부사 손이 멈칫하더니 마루에 부려 놓은 꽃잎들을 쓸어 버렸다. 행이는 몸을 떨었다. 자신을 향해 치켜들던 손도, 꽃잎을 쓸어 버린 손도 무서웠다.

최 부사가 별당을 나가자, 옥란이 발밑에 떨어진 꽃잎을 자근자근 밟아 댔다. 꽃잎이 시커멓게 짓이겨졌다. 댓돌에 남은 검붉은 얼룩을 보고 방으로 홀쩍 들어가는 옥란이 얼굴이 이상스레 밝았다.

“하이고, 진사 어른께서 노하시는 게 당연하지요. 기방 아이에게 글이라니. 안방마님까지 아시면 시끄러워질 텐데, 어림없다니까요.”

유모가 옥란이 벗어 놓은 가죽신에서 꽃잎을 떼어 냈다. 진사 어른은 글 선생을 이르는 말이었다.

“저도 싫어요. 제가 어찌 아가씨와 함께.”

“정말 그리 생각해? 나와는 글을 배울 수 없다는 거지?”

옥란이 입매에 뱅그르르 웃음이 묻어났다.

행이는 옥란을 불안하게 쳐다보았다. 옥란이 원하는 답이 무엇인지 알 수 없었다.

의아해하던 유모가 이내 맞장구를 쳤다.

"그럼요. 아가씨와 견줄 이가 누가 있다고. 태생도 모르는 것을."

옥란의 표정이 확 풀어지는 것을 본 행이는 그제야 또 당했다는 걸 알아차렸다.

옥란은 자매처럼 잘 대해 주다가도 오늘처럼 한 번씩 행이를 힘들게 했다. 행이가 귀한 식재료를 아는 체하거나 가파치가 지어 온 신발 모양새를 꼬집을 때면 더더욱 그랬다. 옥란이 묻는 말에 대답을 한 것뿐인데도 성깔을 부렸다.

행이는 옥란이 그러는 이유를 어렴풋이 알고 있었다. 행이가 사랑채에 다녀올 때면 옥란은 그곳에서 있었던 일을 꼬치꼬치 캐물으며 예민하게 굴었다. 생각해 보면 행이가 별당에 오고 난 후 최 부사가 옥란을 사랑채로 부른 적이 없었던 것이다.

행이는 새삼 옥란이 부러워 벽에 걸려 있는 족자를 올려다보았다. 부귀옥당(富貴玉堂, 귀한 집에 부귀가 가득하여라). 자식이 귀한 집에 태어난 옥란을 위해 비연사 큰스님이 내려 준 덕담이라고 했다. 행이는 유모가 말끝마다 '태생도 모른다'고 되새겨 주지 않아도, 이제는 자신이 옥란과 너무도 다르다는 것을 알고 있었다.

산유각 어매가 피란을 가는 행이에게 마지막으로 들려준 이야기도 옥란의 덕담과는 많이 달랐다.

"강 너머 언덕에 진달래가 한창이었는데 안개가 많이 낀 날이었지. 탯줄도 떨어지지 않은 네가 젖어미를 달고 산유각에 왔다. 올 때부터 종지만 한 얼굴 한쪽에 큰 점이 있었어. 젖어미 말로 어미는 너를 낳다가 죽고, 아비는 누구인지 모른다고 하더구나. 철이 들면 절에 가서 어미 혼을 빌어 주어라. 너만 떨어뜨리고 갔으면 눈도 못 감았을 테니."

행이는 어매 말이 생각나 입술을 꼭 물었다.

"행이야, 또 정신 놓고 있냐? 이것 좀 잡으라니까."

유모는 가지고 온 면포를 펼쳐 놓았다. 행이가 면포 끝을 잡자, 유모는 길이를 가늠해서 면포를 자르기 시작했다.

"그래도 행이 너는 복 받은 거야. 그 기방 어매가 이름 하나는 잘 지었지. 다행이다, 다행이다 해서 이리로 왔지, 그냥 점순이었으면 평생 웃고름 풀 기생이나 되었을 것을."

행이는 면포를 놓아 버리고 손으로 뺨을 가렸다. 유모는 한 번씩 행이 얼굴에 검푸르게 남아 있는 점을 가지고 놀렸다. 그럴 때마다 행이는 지우지도 감추지도 못하는 점처럼 상한 마음을 고스란히 드러냈다.

유모가 새삼스럽다는 듯 눈을 흘기면서도 손을 빠르게 놀렸다.

"아가씨가 이 판서댁 도련님과 혼례를 치르기로 약조했을 때만 해도 그날이 언제 오나 했는데, 어느새 일 년밖에 안 남았어요. 아가씨도 점점 기다려지시지요?"

옥란이 책에서 눈을 떼지 않고 입꼬리를 슬쩍 올렸다. 싫지 않은 표정이었다. 두 집안이 혼례를 약조한 것은 옥란이 열 살 때였으니 벌써 오 년 전이었다.

"이 대감님 선친께서 계해년 공신이라 매년 나라에서 받는 녹이 어마어마하답니다. 서방님 되실 분 학식은 도성에서도 따라갈 자가 없다고 하고요."

유모는 큰 비밀을 말하듯 소곤거렸다. 그러더니 목청을 가다듬고는 흥에 겨워 면포 자락을 펄럭이며 가락을 뽑았다.

청사아초로옹 불 바앍혀라, 봄날 나비가 날아든다
섬머어슴으은 물렀거라, 함진아비 들어온다
비다안 꽃자리 펼치어라, 옥라안 아가씨 나가신다
경사로세 경사로세 재너미골 경사로오구나

"행이도 이 대감댁으로 가는 거지?"

옥란이 가락을 싹둑 자르듯 물었다.

유모는 어깨를 털썩 내려놓으며 흥을 싹 지웠다.

"행이도 가지요. 아가씨도 없는 집에 남아서 뭐에 써요? 하긴 그 댁에 가도 별 쓸모는 없을 테지만."

행이는 유모에게 입을 삐죽거렸다.

"아가씨, 이게 뭔지 아세요?"

유모가 바느질하던 면포를 옥란 앞에 들어 보였다.

"이제 아가씨도 어머니가 되실 준비를 해야지요. 제가 어제 나리께 말씀드렸어요. 첫 달거리를 잘 치르셨다고."

옥란의 표정이 변했다.

"혼례를 앞두고 얼마나 잘된 일이에요? 나리께서도 기뻐하셨어요."

옥란이 유모 손에 있던 면포를 잡아챘다.

"아녀자 일을 어찌 아버님께 말씀드리지? 허락도 없이."

옥란에게 달거리는 살과 뼈를 주신 부모님에게도 숨기고 싶은 부끄러움이었다.

유모는 바늘을 찔러 넣은 면포를 놓치고는 허둥거렸다.

"아구매, 경사스러운 일에 뭔 허락을……."

"듣기 싫어."

옥란은 면포를 안아서 마루로 던져 버렸다. 유모는 허겁지겁 면포를 쫓아 나갔다. 행이도 슬그머니 일어나 방을 나왔다. 멋대로 떠들다가 혼이 나는 유모가 고소했다.

목련 아래에 쪼그리고 앉아 한 뼘쯤 자란 풀을 뽑으며 생각에 잠겼다. 풀은 겨우내 뿌리를 깊이 내렸는지 줄기만 톡톡 끊어졌다. 명년이면 아가씨를 따라 또 다른 곳으로 가야 한다. 이 판서댁은 도성이 지척인 곳이라고 했다. 산유각과는 더 멀어지는 셈이었다.

'부지런히 걸어 한 시진이면 장터라고 하던데.'

행이는 우람한 목련을 올려다보았다. 잎이 나지 않는 나무엔 활짝 피어 곧 떨어질 꽃들만 가득했다.

"볕이 좋으면 뭐해? 떨어지면 그만인걸."

행이는 마루 아래 짓이겨져 있는 꽃잎을 보다가 나무가 만들어 낸 그림자로 눈길을 돌렸다. 산유각에 두고 온 장신구며 옷가지도 저렇게 버려졌을 것이다.

어른거리는 나무 그림자를 따라 행이 눈빛도 흔들렸다. 바싹 마른 땅 위로 눈물이 후드득 떨어졌다.

'어매는 잘 있겠지.'

저희를 버리지 마시옵소서

인경 타종이 끊기자 순라군이 치는 딱딱이 소리가 담을 넘어왔다.

이시년은 사랑채 서궤 앞에 앉은 그대로 밤을 맞았다. 밖에서 수치례 자리에 들기를 권하다가 슬그머니 자리끼를 들여놓은 후로는 인기척이 사라졌다. 늦은 밤 사랑채에 남아 있는 일이 좀처럼 없는 이시년이 오늘은 줄줄이 딸려 나오는 상념에 묶여 자리를 털고 일어나지 못했다. 퇴궐 전 비탄에 잠긴 임금을 뵙고 와서인지도 몰랐다.

뚫어져라 촛불을 바라보던 이시년은 두서없이 떠오르는 지난 일을 찬찬히 되짚어 나갔다.

이시년의 아비 이광우는 선조가 죽고 광해군이 보위에 오르면서부터 숨죽여 지내야만 했다. 선조가 총애하던 후궁의 인척들은 언제 역모로 몰려 옥사를 치르게 될지 알 수 없었다. 이미 계축년 옥사로 영창 대군 집안이 풍비박산이 난 후였다. 그러던 중 인목 대비 폐비 논의에 반대한 서인들이 줄줄이 조정에서 쫓겨났다. 이광우도 그중 한 명이었다. 이때 이광우를 찾아온 자가 광해군에게 부친과 아우를 잃은 능양군이었다.

1623년 계해년 봄, 능양군이 서인들과 함께 서조카인 광해군을 몰아냈다. 이광우는 반정이 성공하는 것을 보지 못하고 그날 밤에 죽었다. 함께 일을 도모한 서인들 중 죽은 자는 몇 되지 않았다. 새 임금이 이광우를 일등공신에 올리고, 장남 이시년에게는 비변사에 자리를 마련해 주었다. 이시년은 황감한 마음이었다. 그러나 이광우와 함께 반정군을 앞장서서 이끌었던 이괄은 일등공신에 오르지 못하고 평안도 변방으로 밀려났다. 이에 불만을 품고 거병을 하였다.

임금은 이괄에게 쫓겨 공주로 달아났다. 함께 반정을 일으킨 서인들에게조차도 신임을 얻지 못한 것이다. 명은 국왕 책봉을 미루었고 조정에서는 연이은 역모 사건으로 살육이 끊이지 않았다. 후금(청조 건국 직전 여진족이 세운 나라의 이름. 1636년에 '청'으로 이름을 고쳤다.) 또한 폐왕이 된 광해군 편을 들며 임금을 흔들고 있었다.

1627년 정묘년 정월, 후금이 얼어붙은 압록강을 건넜다는 급보에 임금은 파천하여 강화도로 들어갔다. 이시년도 어가 행렬을 호위하였다. 임금 호위에 군사를 붙이고 나니 적을 방어할 병력조차 변변치 않았다.

민심은 흉흉했다. 반정으로 임금이 되어서 연거푸 도성을 버리고 도망을 가는 임금을 본 백성들에게 의병을 일으키자는 외침이 먹혀들지 않았다. 폐왕이 된 광해군은 여전히 살아서 임금을 불안하게 했고, 반정을 성공시킨 서인은 명분과 의리만 내세울 뿐 기울어 가는 명과 거칠 것 없이 세력을 키우는 후금의 정세를 바로 보지 못했다. 임금은 믿었던 명도 잃고, 따르던 백성에게도 버림받을 처지였다.

이시년은 늦은 밤 임금 앞에 나아갔다. 강화도로 들어온 후 닷새를 청하여 겨우 허락된 자리였다.

"이름이 이시년이라고?"

"예, 전하. 계해년에 죽은 이광우가 제 아비옵니다."

이시년은 차마 용상을 바로 보지 못하고 이마가 바닥에 닿을 듯 엎드렸다.

"하고자 하는 말이 그것이더냐?"

이시년은 바스러질 듯 서걱거리는 임금의 목소리에 수차례 다짐하고 또 다짐했던 일이 과연 옳은 것인지 의구심이 들었다. 군신의 분별이 어느 때보다도 명확한 전쟁 중임을 잊을 만큼 이시년 앞에 어른거리는 임금의 그림자는 약해 보였다.

끈질기게 울던 부엉이 소리가 멎자 임금은 잊은 듯 버려둔 이시년을 재촉했다.

"어떤 것도 좋다. 말해 보라."

이시년은 숨을 크게 들이마셨다.

"예로부터 금해 온 일을 감히 아뢰고자 하나이다. 전하께 힘을 드리고자 하는 미천한 소견이오니 불충이라 여기시면 목을 치시옵소서."

"말해 보라. 어서 말해 보라."

"사진참사검(四辰斬邪劍)을 제작하는 일이옵니다."

답을 재촉하던 임금이 자세를 고쳐 앉았다.

선대 임금들이 지녔던 보검인 사인검(四寅劍, 호랑이 해, 호랑이 달, 호랑이 일, 호랑이 시. 사인이 겹치는 시간에 담금질이 되어 만들어진 검)은 막대한 비용 문제로 조정과 끊임없이 부딪히면서도 꾸준히 제작되어 오고 있었지만 사진검의 제작은 선대의 어느 임금도 손을 대지 못했다. 진년(辰年), 진월(辰月), 진일(辰日), 진시(辰時), 용의 기운이 네 번 겹치는 날 담금질이 되어 만들어지는 사진검은 명 황제만이 지닐 수 있는 검이었다. 사진검에는 지신(地神)을 두렵게 하고 천신(天神)과 통할 수 있는 상서로운 용의 기운이 담겨 있어서 검을 지닌 자는 천하를 호령하는 기백을 얻는다고 했다. 조선의 임금은 감히 뜻을 두지 못하는 천자의 검이었다.

이시년은 한걸음 더 나아가 머리를 조아렸다.

"오랑캐가 명을 밟고 한성을 헤집고 있사옵니다. 오랑캐를 받드는 치욕은 있을 수 없습니다. 도성으로 돌아가시면 전하의 위엄을 찾고 종사를 보존하는 방도를 구하셔야 하옵니다. 이 일은 극비로 하여 국고와 내수사 재물에 손을 대지 않고 다른 방법을 찾아보겠나이다."

이시년은 임금이 우려하는 것을 단숨에 말했다.

임금도 잘 알고 있었다. 후금은 화친을 요구하고 있었다. 후금과 화친을 하면 오랑캐에게 성의를 베풀었다는 이유로 광해군을 왕위에서 끌어내린 명분이 서지 않았다. 화친을 하더라도 조선이 명을 버리지 않는 한 후금은 언제라도 군대를 끌고 다시 내려올 수 있다는 협박을 했다. 명 또한 조선을 압박했다. 후금과 명이 조선의 숨통을 조이고 있었다. 임금은 나라의 안위도 왕의 자리도 위태로운 난세를 헤쳐 나가기 위해서는 무엇이든 해야 했다. 용상에 오른 지 사 년 만에 두 번이나 도성을 버린 비루한 왕으로 끝나서는 안 될 말이었다.

"전하, 계해년에 제 아비가 전하를 위해 목숨을 버린 것을 똑똑히 보았나이다. 이제 제가 목숨을 내어놓겠사옵니다. 문헌에 이르기를 사진참사검을 소유함은 신령한 기운이 옥체에 깃들어, 안으로는 천세를 누리고 밖으로는 천하가 머리를 조아린다고 하였사옵니다. 전하, 부디 마음에 새겨 주시옵소서. 다만 지금은 도성을 떠나 계시니 명년 무진년에는 일을 도모하기가 어렵겠나이다. 십이 년 후 경진년에 천하를 품을 기운이 담긴 검을 전하께 바치겠나이다. 그때 전하께선 백성이 우러러 보는 어버이가 되실 것이옵니다."

임금이 침묵했다.

삭풍이 문을 흔들고 지나간 후에도 촛불은 한참을 더 흔들렸다.

"무엇이 필요한가?"

임금이 결단을 내리는 순간이었다.

"신의이옵니다. 사진검의 힘을 믿으시고 저를 믿어 주시옵소서."

이시년의 충심은 확고했다.

임금이 술잔을 내렸다. 이시년은 일어나 술잔에 큰절을 올렸다.

이시년은 한성으로 돌아와 사진참사검 제작을 준비했다. 반정 공신 집안이 살아남으려면 제 손으로 세운 임금을 지키는 수밖에 없었다. 아비의 희생이 가문에 오욕으로 남지 않으려면 임금의 자리가 굳건해야만 했다.

평소 수족으로 부리는 무사를 불러들여 땅문서를 집어 주었다.

"명년 무진년 진월에 해산할 아녀자를 찾아보라."

이시년은 파루 소리에 상념에서 깨어났다. 십수 년 전의 일이 어제 일처럼 생생했다. 서른세 번을 끝으로 길게 이어지던 종소리가 사라졌다. 곧 날이 밝을 것이다.

사흘 후에 이시년은 삼밭나루로 가야 한다. 남한산성에서 병자년 동짓달을 지낸 신하라면 삼밭나루는 돌아보기도 싫은 곳이었다. 그러니 청에서 사신이 당도하자마자 대청황제공덕비에 새긴 비문을 지은 이경석이 갑자기 병이 났다는 전갈을 보내온 것도 충분히 짐작이 갔다. 이경석은 비문을 지을 인물로 뽑혔을 때도, 자신이 지은 글이 채택되었을 때도 이시년을 찾아와 골백번이라도 자결을 하고 싶은 심정이라며 통곡을 했다.

대청황제공덕비 탁본을 요구한 사신은 오늘도 임금에게 답을 재촉했다. 사신은 탁본을 청으로 가져가서 심양에 있는 소현 세자에게 보일 것이다. 그날의 치욕을 되새겨 주어 소현 세자를 길들이려 할 것이다.

비문은 벌써 여러 차례 탁본되어 조정에서 검증을 마쳤기에 책잡힐 건 없었지만 아무도 자진해서 나서지 않았다. 추천해 올릴 자도 마땅치 않았다. 하급 관리를 삼밭나루로 보냈다가는 청에게 꼬투리를 잡힐 게 뻔했다. 이번 일을 잘 넘겨야만 심양에 있는 소현 세자가 명년에 조선으로 다녀갈 길이 열릴 것이다. 시름에 잠긴 임금을 본 이시년은 비문을 탁본할 책임자로 나섰다. 사신단에서 책임자가 이시년인 것을 흡족해하며 삼밭나루까지 동행할 것을 알려 왔다.

이시년이 병자년에 임금을 호위하여 남한산성으로 들어갔다가 삼밭나루로 나온 것은 사십육 일 만이었다. 임금이 청 태종에게 신하의 예를 갖추어 항복을 하러 가는 날이었다. 그날은 하늘도 임금도 신하도 무너져 내릴 것만 같은 아침이었다. 청군을 따라 산성 서문을 나서는 임금이 용포를 입지 못하고 남색 융의 차림인 것을 보고 신하들이 울음을 쏟았다.

이시년은 삼밭나루에 차려진 수항단까지 임금을 모셨다. 청 태종이 수항단에 오르자 임금이 그 아래 무릎을 꿇었다. 곧이어 청이 정해 준 대로 임금이 죄를 고백하고 삼배구고두례(세 번 절하고 그때마다 세 번씩, 모두 아홉 번 머리를 조아려 절하는 방식. 1637년 1월 30일, 인조는 삼전도에서 청 태종에게 삼배구고두로 신하의 예를 표했다.)를 행하였다. 신하로서 평생 보고 싶지 않은 순간이었다. 목숨이 끊어질 때까지 다시는 이곳에 오지 않겠노라고 이시년이 이를 갈던 순간이었다.

그러나 이시년은 사흘 후에 강을 건너야 했다. 청의 사신과 함께 삼밭나루로 가는 것은 더없이 곤욕스러운 일이었다. 자리에 누운 이시년은 삼밭나루에서 돌아오던 때를 떠올렸다. 항복 의식이 끝나고도 해가 진 후에야 도성으로 출발했다. 돌아오는 길은 참혹했다. 산성을 벗어나면서부터 길가엔 산 자보다 죽은 자의 시신이 더 많았다. 산 자들 또한 청에 끌려갈 포로들이었다. 그들은 지나가는 임금에게 살려 달라고 통곡했다. 소현 세자와 봉림 대군 내외를 인질로 두고 돌아가야 하는 임금의 마음은 처참하기가 이를 데 없었다.

강을 건넌 나루터에서부터 도성에 이르기까지 백성들의 곡소리가 이어졌다. 이시년은 그 소리가 임금과 자신의 앞날이 될 것만 같았다. 치욕과 자책으로 상심한 임금이 통곡 소리를 듣고 기진하여 쓰러질까 염려되어 병사들을 앞질러 보내 소란을 없애라고 일렀다.

인왕산 자락이 성큼 가까워졌을 때엔 행렬을 따라온 백성들이 길이며 언덕을 하얗게 뒤덮었다. 대부분 아내나 남편, 자식을 빼앗긴 늙은 이들이었다. 통곡이 점점 수런거림으로 바뀌더니 누군가 큰 목소리로 호소했다.

"임금이시여, 저희를 버리지 마시옵소서. 저희를 버리지 마시옵소서."

말이 삽시간에 사방으로 퍼지면서 소리가 걷잡을 수 없이 커졌다.

말들이 흥분하여 버둥거렸고 병사들은 당황하여 백성들 사이로 파고들었다. 그때 머리를 풀어헤친 노파가 괴성을 지르며 어가 앞으로 달려들었다. 놀란 병사가 창을 휘둘러서 노파를 밀쳤다. 쓰러진 노파는 죽은 듯 꼼짝도 하지 않았다. 그것을 신호로 사람들이 행렬 앞으로 밀려들기 시작했다.

"임금이시여, 저희를 버리지 마시옵소서. 저희를 버리지 마시옵소서."

결국 행렬이 멈추었다. 백성들은 병사들이 위협을 가하면 뒤로 물러나는 듯하다가도 다시 몰려나와 한목소리를 냈다. 그들은 입으로는 읍소를 하고 있었지만 언 땅을 치는 양손에는 울분과 원망이 서려 있었다. 신호만 떨어지면 행렬을 향해 달려드는 폭도로 변할 것 같았다.

이미 해가 지고 깜깜한 밤이었다. 이시년은 무리들을 더 이상 두고 볼 수 없었다. 결국 말에서 내려 그들을 달래는 쪽을 택했다.

"자식이 어찌 어버이의 마음을 헤아리지 못하는가. 이 행태 보라. 자식을 잃고 헤매다가 돌아온 부모에게 내 형제를 데려오지 않았다고 문을 열어 주지 않는 것과 무엇이 다른가. 상께서는 남은 자식들이 눈에 밟혀 밤길을 달려오셨다. 끼니도 거르며 먼 길 온 부모를 삭풍 부는 노상에 버려 두는 것과 같지 않은가."

그제야 서너 명씩 일어나 물러나기 시작했다. 이시년은 곧바로 사방을 돌며 백성들을 설득했다. 한 시진이 지나서야 가까스로 길을 터 위기를 모면했다. 이시년은 임금을 모시고 한밤중에야 창경궁으로 돌아올 수 있었다.

이시년은 도성으로 돌아온 후 오랫동안 쌓인 피로로 병이 났다. 눈을 감으면 성문을 막고 하얗게 길을 뒤덮고 있던 백성들이 물결처럼 아른거렸다. 더 이상 잃을 게 없는 굶주린 자들이 언젠가는 범람하여 도성으로 밀려들지 않을까 불안했다.

청 태종에게 옥새까지 바친 임금 또한 절박한 심경이었다. 앓아누운 이시년은 새벽같이 임금에게 불려 갔다. 임금은 이시년에게 사진검 제작을 상세히 묻고 연거푸 다짐을 받았다.

"전하, 하늘의 별이 도는 것처럼 천운도 돌고 도는 것이옵니다. 밤이 지나면 아침이 오듯, 음으로 뒤덮인 땅에 양의 기운이 움틀 것입니다. 돌아보지 마시고 다가올 새 날만 보시옵소서. 좋은 날이 멀지 않았습니다."

남한산성에서 모진 날들을 보내는 동안 임금 앞에서는 단 한 번도 울지 않은 이시년이 눈물로 충정을 맹세했다.

임금은 이시년을 가까이 불러 간담상조(肝膽相照, 간과 쓸개를 서로 보인다는 뜻으로, 서로 마음을 터놓고 사귀는 것을 이른다.) 신하라고 했다. 반생애를 오롯이 임금과 함께한 이시년은 남은 세월도 그러할 것이라고 아뢰었다.

자리끼를 마신 이시년이 어둠이 물러가는 동창을 향해 입을 뗐다.

"소세 물 들여라."

입궐하기 전에 서찰을 가로챘다는 놈을 보기로 했다.

부칠이는 몸부림을 치다가 깨어났다. 묶인 팔이 쑥 빠져 버릴 듯 아팠다. 입에 물린 재갈이 침으로 축축했다. 매질을 당한 것만 떠오를 뿐, 어디에 와 있는지 도통 생각이 나지 않았다.

꿈에서도 누이는 어딘가로 끌려가고 있었다. 쫑쫑 땋아 내렸던 머리카락이 산발이 되어서 걸어가는 누이는 아무리 불러도 돌아보지 않았다. 그런 누이가 어느새 돌아와 풀무간 화덕 앞에서 맨발을 드러내 놓고 울고 있었다.

문이 덜컹 열리더니 시커먼 그림자가 쏟아지는 빛을 막고 부칠이를 내려다보았다.

"글을 안다고 했다지? 서찰은 어찌했느냐?"

굵고 점잖은 목소리였다. 도포 자락이 부칠이 눈앞에서 흔들렸다. 죽도를 든 남자가 그를 대감이라고 불렀다.

"보따리 안에 든 붓을 가지고 있었습니다. 이 표창까지 가지고 있는 걸 보면 그놈들과 한패가 분명합니다."

죽도는 부칠이가 나루터에서 더벅머리에게 던진 표창을 내보였다.

부칠이는 그제야 잡혀온 이유를 알았다. 뚜막이 때문이었다. 죽도는 뚜막이가 화덕에 던져 넣은 보따리를 찾고 있었다.

죽도가 부칠이 입에서 재갈을 풀어 주었다.

"붓은 나루터에서 주운 것입니다."

입이 바짝 말라 목소리가 잘 나오지 않았다. 물을 얻어 마시려면, 아니 살아서 돌아가려면 고분고분해야만 했다. 뚜막이가 화덕 안으로 던져 넣은 보따리 따윈 모르는 것이어야 했다.

"붓 대롱에 그을음이 있더구나."

대감의 목소리는 부드러웠다.

"나루터에 불을 피워 놓은 곳에서 주웠습니다."

"무얼 하는 놈이냐?"

"풀무간에서 잡일이나 하는 놈입니다. 대감님, 살려 주십시오."

"무수막 풀무간 말이냐?"

이 판서가 되물었다.

죽도가 부칠이 가슴팍을 찌르며 그렇게 매질을 당하고도 또박또박 말하는 걸 보면 여간내기가 아니라고 했다. 그러고는 다시 문이 닫혔다. 부칠이는 문틈으로 밖을 내다보았다. 대갓댁이니 문 너머 어딘가에 우물이 있을 것이다. 물 한 모금만 마시면 살 것 같았다.

풀무간에서는 상감 작업을 시작했을 것이다. 아니 상감 작업이 끝날 정도로 며칠이 흘렀는지도 모른다. 도검장이 돌아오지 않는 부칠이를 벼르고 있을 것이다.

부칠이는 실같이 들어오는 빛줄기를 보다가 다시 까무룩 잠에 빠졌다. 또 얼마나 잤을까. 발길질에 눈을 떠 보니 문이 활짝 열려 있고 주위가 환했다.

“송장 치우는 줄 알았는데, 어린놈이 대단해.”

하인이 부칠이 앞에 물바가지를 놓아 주었다.

부칠이는 하인이 묶인 손을 풀어 주는 동안을 참지 못하고 바가지에 얼굴을 박았다. 물이 쿨렁 쏟아졌다. 광에 갇힌 지 나흘이나 지났다고 했다.

“정신 똑바로 차리고 있어, 대감님이 찾으실 테니.”

부칠이는 쏟아 버린 물이 아까워서 손으로 젖은 바닥을 쓸었다. 어깻죽지가 아팠지만 다행히 부러진 곳은 없었다. 문틈으로 긴 행랑채가 보였다. 큰 대갓댁이었다.

출타했던 이 판서가 돌아왔다는 말에 하인이 부칠이를 데리고 갔다.

“여리꾼에 짚신 팔러 다니는 놈이 어찌 풀무간에 있느냐?”

죽도가 무수막에서 수소문한 부칠이는 부모도 집도 없는 아이지만 평판은 좋았다.

“여리꾼은 돈을 모으려고 하는 것입니다.”

“돈이 필요한 놈이 보따리는 버리고 붓만 가졌다?”

“보따리를 훔쳤다면 붓 대신 당연히 값이 나가는 것을 챙겼을 겁니다. 하지만 저는 남의 것을 훔쳐서 돈을 모으진 않습니다.”

이 판서는 부칠이를 뜯어보았다. 장터를 누비는 잡도둑으로 봤는데 매질을 당해도 기가 죽지 않는, 제법 심지가 굳고 당찬 놈이었다.

"몇 살이냐? 푼돈이나 만지는 일 말고 제대로 된 벌이를 할 나이가 되었느냐?"

"도둑질 말고는 힘쓰는 일도 꾀쓰는 일도 할 수 있는 열다섯입니다."

부칠이는 꾸벅 절을 올렸다.

"열다섯이면 한창 배가 고플 나이로구나."

이 판서가 안으로 들어가자 죽도가 부칠이를 꾸짖었다.

"조정 대신들 목숨 줄을 쥐고 계신 분이시다. 네까짓 게 뭐라고 성질을 부려?"

부칠이는 성질을 부린 게 아니라고 말하고 싶었지만 죽도가 또 머리로 날아올 것만 같아서 그만두었다. 부칠이는 행랑채에서 나올 때 봐둔 우물로 뛰어갔다.

"밥상을 두고 물로 배를 채울 요량이냐?"

물을 들이키던 부칠이는 하인이 하는 말을 듣고서야 두레박을 내려놓았다.

곧 구수한 냄새에 배 속이 요동쳤다. 뜨거운 장국과 나물을 섞은 밥이 고봉으로 담겨져 나왔다. 부칠이는 입이 미어져라 무작스럽게 밥을 퍼 넣었다. 그사이 죽도가 깨끗한 옷과 버선을 놓고 갔다. 부칠이는 하루아침에 달라진 대접에 놀라 입이 다물어지지 않았다. 이 판서는 풍채만큼이나 마음 씀씀이도 넉넉했다.

말끔하게 옷을 갈아입은 부칠이가 죽도를 따라 사랑채로 갔다.

이 판서는 온화하게 웃으며 서궤 앞에 앉아 있었다.

"운은 돌고 도는 게 틀림없다. 도검장에게 갈 서찰을 잃어버리고, 대신 풀무간에서 나온 네놈을 주웠으니 네가 서찰을 대신해야겠다."

"저희 도검장을 잘 아십니까?"

죽도가 이 판서를 어려워하지 않는 부칠이에게 눈을 부라렸다.

이 판서는 생각을 가다듬고는 부칠이를 가까이로 불러 조곤조곤 일러 주기 시작했다.

"도검장에게 가서 이렇게 전하여라. 앞으로 드는 비용은 최무득 부사와 상의하면 될 것이라고. 도검장은 오직 최상의 재료를 마련하여 검 제작에만 정성을 쏟으면 된다고 말이다. 내년 사진일에 쓸 제물은 이미 준비되어 있다고 하여라. 중대한 일이니 틀림없어야 한다."

부칠이는 이 판서가 강조하지 않아도 단번에 중요한 일임을 알아차렸다. 검을 만들라는 명이었지만 최상에, 정성에, 제물까지……. 도검장에게 갈 전갈에는 평범하지 않은 말들이 담겨 있었다. 그만큼 잃어버린 서찰이 중요한 것이었다.

"붓을 주웠다는 네놈 말을 믿으마. 그러니 심부름도 어긋남이 없어야 한다."

이 판서가 부칠이에게 다짐을 받았다.

부칠이가 죽도 눈치를 보며 조심스럽게 말했다.

"저, 대감님. 대감님께서 말씀하신 돈이 되는 일이 바로 이것입니까? 이런 일이라면 얼마든지 할 수 있습니다. 제가 대감님의 눈과 귀와 발이 되어 드리겠습니다."

이 판서가 호탕하게 웃었다.

"아주 약은 놈이구나. 나에겐 그 말이 심부름 값을 내어놓으라는 것으로 들린다."

"아, 아닙니다. 그저, 제가 필요하시면……."

부칠이가 쩔쩔맸다.

"또 한 가지……."

전해야 할 말이 아직 끝나지 않았다. 이 판서는 신중했다. 말을 하려다가도 몇 번씩이나 생각을 되짚었다.

이 판서 손짓에 부칠이는 무릎걸음으로 다가갔다.

"먼저 최 부사에게 가거라. 맡겨 둔 게 깨어지지 않았는지, 혹 흠집이라도 나지 않았는지 내가 근심하노라고 전하여라. 내년 진월 일이 미진하면 그다음 혼사도 소용없다고. 반드시 최 부사에게 말해야 한다. 할 수 있겠느냐?"

"틀림없이 그리 전하겠습니다. 대감님, 저를 믿으십시오."

부칠이는 고개를 깊이 숙이고 씩씩하게 대납했다.

이 판서는 붓을 들어 급히 몇 자를 쓴 후 부칠이에게 주었다.

"이 서찰은 잃어버려도 그만이지만 도검장에게 보이는 것이 좋을 게다."

이 판서는 흡족한 얼굴로 은전을 던져 주었다. 부칠이는 뜻하지 않은 심부름 값에 연신 절을 했다. 그러고도 부칠이가 머뭇거리자 죽도가 사랑채 밖으로 몰아냈다.

"한눈팔지 말고 곧장 가거라. 재너미 언덕에 아주 큰 목련이 있는 곳이 최 부사댁이다."

죽도는 부칠이에게 끝까지 쌀쌀맞았다.

타다 만 종이

부칠이는 이 판서댁을 나와 사방을 둘러보고 나서야 자신이 무수막 고개를 넘어 재너미를 지나 성문 가까이로 잡혀왔다는 사실을 알았다. 도검장 심부름으로 와 본 적이 있는 곳이었다. 누이 뒷모습을 놓친 곳도 이 근처였다.

개울 너머 기와집이 모여 있는 재너미 언덕에 우뚝 솟아 있는 목련이 보였다. 담장 밖으로 넘어온 가지가 사내 장딴지만큼 굵은 걸 보니 나무둥치는 우시장 삼거리 당산나무만큼은 될 것이다.

며칠 사이에 바람이 달라져 있었다. 둔덕들은 어느새 초록 밭이었다. 부칠이는 돌다리를 건너와 곧장 가는 길을 버려 두고 마을가 개울길로 들어섰다. 최 부사댁을 찾았으니 급할 게 없었다. 맞은 곳이 욱신거리긴 했지만 기분은 최고였다. 돌을 감아 흐르는 물소리가 장마당

장사치들 흥정 소리만큼이나 듣기 좋았다. 장날 풀무간으로 돌아갔어도 도검장에게 혼이 났을 것이다. 지금은 배불리 먹고 깨끗한 옷에 돈까지 생겼다. 부칠이는 이 판서가 준 은전을 만지작거렸다. 어쩌면 돈을 모을 수 있는 일거리가 생길지도 몰랐다.

마을에서 꽤 멀리까지 온 부칠이가 개울로 내려가 물을 마시고 있을 때였다. 위쪽에서 자지러지는 아녀자 비명이 들렸다. 부칠이는 부리나케 돌들을 건너뛰어 올라갔다. 물길이 굽이져 소(沼)가 생겨난 곳에 사람들이 모여 있었다. 강기슭 장정들 틈에 양반가 남자 두엇이 섞여 있었고 젊은 양반이 물에 들어가 있었다. 꽃놀이를 할 너럭바위를 찾다가 일행 중 한 명이 물에 빠지는 바람에 소란이 인 듯했다. 비명을 지를 만한 아녀자는 없었다.

부칠이는 옷이 젖지 않게 조심하며 길 위로 올라왔다. 무리들을 피해 멀찌감치 길을 잡으려다가 연이은 호통 소리에 놀라 다시 개울로 다가갔다. 부칠이는 개울에 둥둥 떠 있는 옷을 보고 사람이 빠진 줄 알고 깜짝 놀랐다. 좀 더 가까이 가서 보니 젊은 양반이 서 있는 후미진 작은 소에 아녀자가 들어가 있었다. 장옷을 뒤집어쓴 채 머리까지 물속에 담갔다가 나오기를 반복하는 모양새가 기이했다. 아녀자가 하던 일을 멈추면 젊은 양반이 무어라 윽박질렀다. 그사이 구경을 하던 나이 든 양반 둘이 혀를 차며 마을로 내려갔다.

부칠이는 궁금증을 참지 못하고 장정에게 다가가 물었다.

"저기 저 마님이 무엇을 하는 것입니까?"

"보면 모르냐? 더럽혀진 몸을 씻고 있는 거지. 작은 마님이 삼 년 만에 돌아오셨는데 집안이 난리가 났어."

"작은 마님이 어디를 다녀오셨는데요?"

부칠이를 한심하게 보던 장정이 누가 들을세라 작은 소리로 사연을 들려주었다.

"청에서 돌아왔다니까. 자결을 하라고 쫓아냈는데 사흘이 넘도록 대문 앞에 그대로 있는 것을 보고 문중 어른들이 이리로 끌고 오셨어. 말도 마. 가문을 욕보였다고 서방님이 더 야단이시라니까. 시집올 때부터 미색이 곱다고 칭찬이 자자했던 작은 마님이었는데, 글쎄 내리 삼 년을 청에서 고생하고 왔는데도 여전히 고운 얼굴 그대로야. 그러니 서방님이 더 화가 나신 게지. 차라리 몸이 상했으면 불쌍한 마음이라도 품었을 것을."

부칠이는 작은 마님에게서 눈을 떼지 못했다.

가까스로 살아 돌아온 사람에게 벌을 주는 게 도무지 믿기지 않았다. 더구나 온몸에 얼음장이 박힐 만큼 추운 곳에서 온 사람에게 차가운 개울에 들어가는 벌이라니. 부칠이었다면 머리카락을 잘라서라도 군불을 지폈을 것이다. 이들은 식구를 빼앗겼을 때의 슬픔과 애달픈 마음을 다 잊었나 보다. 아니면 처음부터 작은 마님을 기다리지 않았는지도 모른다.

부칠이는 씁쓸하게 돌아섰다. 양반댁에서는 마님보다 가문의 권위가 더 중요한 것 같았다. 아녀자는 환향을 해도 아무 소용이 없다는 털보 역관의 말이 사실이었다. 이런 게 양반이라면 부칠이는 명문가 따윈 부럽지 않았다.

부칠이는 마을로 들어서서 목련이 있는 곳을 가늠하며 모퉁이를 돌았다.

"아이쿠야!"

부칠이가 뒤로 나동그라져 머리를 싸쥐었다.

"엄살떨지 말고 일어나십시오."

민둥머리가 부칠이를 내려다보고 있었다. 목에 무명 수건을 두르고 염주를 건, 동자승이라고 하기에는 어른 티가 배어나는 스님이었다. 스님이 일어나려고 버둥거리는 부칠이 겨드랑이에 양손을 넣어 훌쩍 일으켜 세웠다. 키는 자그마해도 힘이 무척 셌다.

스님이 부칠이 옷에 묻은 흙까지 털어 주고는 합장을 했다.

"살펴 가십시오."

돌아서는 스님 얼굴에 장난스러운 웃음이 보였다.

'낯이 익은데? 장터에서 봤나?'

최 부사는 출타 중이었다.

"이 대감님이 부사 나리께 직접 전하라는 말씀이 있습니다."

뒷짐을 지고 거드름을 피우던 김 서방이라는 자는 부칠이가 이 판서 댁에서 왔다는 것을 알고는 행랑채로 들였다.

"늦어도 신시(申時, 오후 3시~5시)에는 돌아오실 테니 기다려라."

김 서방은 연신 염소수염을 만지작거리며 말했다.

길쭉이 늘어선 행랑채가 텅 비었다. 봄 농사로 한창 바쁠 때였다. 부칠이는 무료하게 서성거리다 해가 드는 쪽마루에 누웠다. 등만 붙이면 아무 데서나 자는 버릇은 아비를 따라 장터를 돌면서부터 생긴 것이었다.

부칠이가 짧은 단잠에서 깨어났을 때도 여전히 주위가 조용했다. 김서방도 보이지 않아 말을 붙일 사람이 없었다. 행랑채가 이리도 넓은 걸 보면 집 규모는 엄청날 터였다. 부칠이가 살던 숲골 집은 겨우 방 두 칸을 들인, 그것도 비가 오면 방 안에 빗물 바가지를 두어야 할 만큼 낡은 곳이었다.

그 집마저도 버리고 아비와 장터를 떠돌 때에는 비바람과 들짐승만 피할 수 있으면 좋은 잠자리였다. 부칠이는 도검장의 허락으로 풀무간에 살게 되었을 때에도 꿈만 같았는데 이렇게 솟을대문 안에 들어와 있다는 게 믿기지 않았다. 이 대감댁도 대단한 규모였을 테지만 그땐 죽도록 맞은 뒤라 눈에 들어오는 게 아무것도 없었다.

'검을 만들 비용을 댄다고 했지?'

부칠이는 안으로 난 문으로 들어갔다. 시간을 때우려면 집 구경이라도 해야 했다. 밖에서 본 목련이 집 왼편에 있었던 게 기억났다. 건물을 돌고 문을 여러 개 지나자 목련이 있었다. 당산나무 둥치보다 더 굵은 목련이 두 그루나 되었다. 부칠이가 양팔로 안아도 둥치가 반이나 남았다.

"백목련은 제 거예요."

담 그늘에 하얀 치마가 나풀거리는 걸 본 부칠이는 부리나케 돌아섰다.

"별당에 무슨 볼일이라도 있어요?"

별당이라는 말에 기겁을 한 부칠이는 나가지도 못하고 엉거주춤 그 자리에 서 버렸다. 목소리 주인이 소리라도 지르는 날에는 잡혀가서 또 몰매를 맞을 것이다.

"죄송합니다. 김 서방을 찾다가 길을 잘못 드는 바람에 여기까지 왔습니다."

고개도 못 들고 쩔쩔매는데 후흐흡, 웃음소리가 났다. 그제야 부칠이는 담 아래 쪼그리고 앉은 여자아이를 보았다. 무명 저고리 차림인 걸 보면 별당 아가씨는 아닌 듯했다.

여자아이가 나뭇가지로 땅바닥에 무언가를 끄적였다. 자세히 보니 글자를 썼다 지웠다 하고 있었다. 한참을 끄적이던 아이가 고개를 들었는데 하필이면 한쪽 뺨을 덮고 있는 검푸른 점이 부칠이 눈에 가장 먼저 들어왔다. 앳된 얼굴에 함초롬한 입술과 가녀린 어깨를 가진 아이였다.

"목련이 마음에 들어요?"

"아니, 뭐. 아주 오래된 것 같아서."

"아마, 이 집에서 가장 오래되었을걸요."

낯선 사람에게도 스스럼없는 아이 덕분에 부칠이 마음이 놓였다.

"몇 살이야?"

"열두 살이에요."

부칠이는 아이를 뚫어지게 쳐다보았다.

"열두 살이면…… 그때 우리 누이도 꼭 너만 했을 텐데. 지금은…… 멀리서 살아. 너무 멀리 있어서 만날 수 없어."

부칠이가 누이 이야기를 아무렇지도 않게 한 건 처음이었다.

아이가 땅에 쓴 글자를 지우고 손을 털며 일어났다.

"누이와 떨어졌나 봐요. 난 전쟁 통에 어매랑 떨어졌는데……. 어매는 장터까지만 가면 만날 수 있을 텐데."

"장터라면 고개만 넘으면 되잖아. 지금 당장이라도 갈 수 있는데 뭘 그래?"

부칠이는 얼마나 먼 길인지 짐작조차 안 되는 곳으로 잡혀간 누이를 둔 자신보다 아이 처지가 훨씬 나아 보였다.

아이가 갑자기 부칠이 앞으로 뛰어왔다.

"지금 당장요? 당장 갈 수 있다고요? 그럼, 산유각에 가서 제 소식 좀 전해 주세요."

빠르게 말을 뱉은 아이가 주위를 살폈다. 부칠이도 덩달아 두리번거렸다. 아이가 너무 바짝 다가와 있었다.

"산유각은 장터에서 멀지 않아요. 강을 따라 장터에 갔던 기억이 나요. 부탁이에요."

아이 눈에 어느새 눈물이 그렁그렁했다.

부칠이는 아이의 부탁이 하도 간절해, 얼떨결에 산유각이라는 곳을 찾아보겠다고 약속했다. 이름이 행이라고 한 아이는 그제야 환하게 웃었다.

부칠이는 행이 웃음에 용기가 나서 품속에 넣어 둔 서찰을 꺼내었다.

"글을 알고 있는 것 같은데 이것 좀 읽어 줄 수 있어?"

까막눈을 면했다고 했지만 부칠이에게는 어려운 글이었다.

행이가 서찰을 펼치며 입을 다셨다.

"음, 보자, 서찰불가 남아사용(書札不可男兒使用)?"

행이는 내용이 하도 간단해 고개를 갸우뚱하며 서찰을 돌려주었다.

부칠이는 흡족해하며 서찰을 다시 품에 넣었다. 이 판서가 자신을 심부름꾼으로 쓰고 싶어 하는 게 분명했다.

"글은 어떻게 배웠어?"

"이건 비밀인데요. 어매가 매일 아침마다 가르쳐 주셨어요. 모르면 알 때까지, 한 글자만 배운 날도 있어요. 이젠 다 소용없게 되었지만 하나도 잊어버리지 않았어요."

행이는 어매에게 배운 글을 잊지 않기 위해 매일 땅에다 글자를 써서 익힌다고 했다. 부칠이는 야무진 행이가 신기하고도 귀여웠다.

그때 담 너머에서 두런두런 말소리가 들렸다. 행이가 황급히 손짓을 하자 부리나케 문 쪽으로 걸음을 옮기던 부칠이가 돌아서서 속삭였다.

"난 아무 데나 잘 붙는 부칠이야. 열다섯이니 오라버니라고 불러."

담을 사이에 두고 두 개의 웃음소리가 섞여들었다.

부칠이는 행랑채에서 밥까지 얻어먹었다. 작은 소반에 찬을 두 가지나 올려 상을 따로 차려 내어 왔다. 무수막에서는 종일 배를 곯는 이들이 많았다. 그나마 푸성귀가 나는 지금은 겨울보다 사정이 나았다. 부칠이는 풀무간을 떠나서 이렇게 잘 먹으리라고는 생각지도 못했다. 그릇을 싹싹 비운 부칠이가 인심이 후하다는 인사를 건넸더니 하인이 투덜거렸다.

"사돈 될 대감님댁 객이니 안채에서 신경 써 주는 거야. 나리가 계셨더라면 어림없어. 우리는 일 년 가도 이런 밥상은 못 받아."

부칠이는 괜히 미안해하며 소반을 내어 주었다.

'검을 만드는 비용을 대는 나리가 안살림까지 챙기나 보다. 부자가 재물을 쓰는 곳은 따로 있구나.'

그사이 최 부사가 돌아오는 소리가 들렸다. 부칠이는 냉큼 일어났다.

바짝 마른 몸에 키가 작은 최 부사는 목소리가 가늘면서도 거칠었다. 마치 철에 붙은 찌꺼기를 끌로 긁어낼 때 나는 소리 같았다. 쭉 찢어진 눈매로 인상이 더 사나워 보였다.

'차림 없이 나서면 양반님 소리는 못 듣겠어.'

부칠이는 매섭게 쏘아보는 최 부사 눈빛에 속마음을 들킬 것만 같아서 얼른 고개를 돌렸다. 부칠이가 사랑채로 따라가 이 판서 말을 다 전하기도 전에 최 부사가 서궤를 치며 벼락같이 화를 냈다.

"종놈을 보내 혼사까지 들먹여? 흥, 그것도 양반 자식이라고 아까운가 보군."

부칠이는 너무 놀라 납작 엎드려 방을 나왔다. 입을 씰룩거리는 최 부사 표정이 뒤통수에 걸려 따라오는 것만 같았다.

"체, 누구더러 종이래."

부칠이는 행이를 한 번 더 보고 갔으면 하는 아쉬운 마음을 안고 무수막 고개로 향했다.

'아차, 행이를 어떻게 다시 만나지?'

산유각 어매를 만나도 행이에게 어매 소식을 전해 줄 방법이 없었다. 또다시 최 부사댁으로 심부름을 갈 리 없었다. 부칠이는 뒤늦은 실수에 머리를 쥐어박았다.

고개를 다 올라왔을 때쯤 뒤에서 발소리가 났다. 돌아보니 길에서 부딪쳤던 스님이었다. 스님은 길을 뭉텅뭉텅 베어 먹듯 올라오고 있었다. 걷는 거라면 자신 있는 부칠이었지만 스님 걸음은 못 따라갈 것 같았다.

부칠이는 돌탑이 있는 곳 가까이에서 쉬었다. 나무 위에서 새들이 요란스레 울었다. 새들이 집을 찾아 돌아가고 있었다. 부칠이도 어둡기 전에 풀무간에 가야 했다. 도검장에게 한바탕 곤욕을 치를 것을 생각하니 벌써부터 맥이 탁 풀렸다.

저만치 앞서갔던 스님이 길을 되돌아와서 부칠이 옆에 털썩 앉았다. 땀 냄새가 훅 날아왔다.

"스님, 넓은 그늘을 두고 하필 옆에 앉으십니까?"

또래로 보이는 녀석에게 스님이라고 부르기가 억울했지만 장터 녀석들에게 하는 것처럼 마구잡이로 말할 수는 없었다.

"고거 좀 부딪쳤다고 아직도 화를 내십니까? 사내가 그쯤은 잊어버려야지요."

스님은 손부채질을 하면서도 목에 칭칭 동여맨 무명을 풀지 않았다.

"제가 언제 그 일을 마음에 둔다고 했습니까? 사방천지 넓은 곳을 두고 바짝 붙는 스님이 이상하다는 거지요."

부칠이가 점잖을 떠는 스님에게 버럭 소리를 지르며 자리를 옮겨 앉자 스님이 씩 웃으며 다시 부칠이 옆에 붙었다.

"소승이 산에 콕 박혀 있어서 사람만 보면 좋습니다. 고개를 내려갈 때까지만 저와 동행하면 안 되겠습니까?"

순간, 부칠이는 웃는 스님 얼굴이 한눈에 들어왔다.

"어? 어디서 봤지? 분명 본 적이 있는데?"

"스님들은 다 비슷하게 보이는 법입니다. 최 부사댁 유모도 소승에게 그리 말했습니다. 어디서 본 것 같다고."

"스님도 최 부사댁에?"

"저도 형님이라고 부르면 안 되겠습니까? 저는 아무 데나 척척 달라붙는 형님에게 철썩 붙어 다니겠습니다."

점잖은 말투에 장난기가 가득했다.

"무슨 스님이 남의 말을 엿듣습니까?"

스님이 부칠이 어깨에 팔을 휘감고는 싱글거렸다.

"형님은 형님, 소승은 아우, 그렇게 하십시다."

부칠이는 옥죄는 스님에게서 빠져나오려고 버둥거렸다. 스님은 부칠이가 당해 내지 못할 정도로 힘이 셌다.

"허억, 힘이…… 장사인데, 아우는 무슨……. 아이쿠, 스님."

"헤에, 다음에 만나면 그땐 스님이 아니고 그냥 아우입니다요."

헤에? 부칠이는 퍼뜩 생각나는 게 있었다.

"너? 너는 더벅머리?"

그제야 스님은 부칠이를 놓아주고 민둥머리를 문지르며 '헤에' 웃었다. 스님 얼굴이 얼마 전 장터에서 "저 떡점이 놈이요."라고 하던, 땟물이 줄줄 흐르는 바로 그 얼굴로 돌아와 있었다.

"어떻게 된 거야? 그사이 머리 깎고 중이 된 거야?"

"헤에, 형님, 이렇게 된 게 다 형님 때문 아닙니까! 형님이 씻으라는 바람에 강으로 갔다가 큰스님에게 딱 걸려서, 이그그. 지난 동지에 눈길을 뚫고 절에서 도망쳤는데 다섯 달 만에 잡혀서 또 이 꼴이 되어 버렸습지요. 헤에."

스님은 정체가 탄로나자 될 대로 돼라는 듯 옷을 훌훌 걷어붙이고는 장터에서 쓰던 말투로 돌아갔다.

부칠이는 염주까지 목에 건 스님이 더벅머리 떡점이라는 게 우습기만 했다.

"진짜라고 해도 깜빡 속겠는걸."

"웬걸요, 진짜입니다. 이래 봬도 만우라는 법명도 있습니다. 불경 외우는 것도 좋고, 새벽에 울리는 법고 소리도 좋고, 할매 밥도 맛있고, 절이 참 좋습니다만……, 절에서 살기는 싫습니다."

"절이 좋은데 절에서 살기는 싫다고?"

만우는 제 머리를 툭툭 쳤다.

"꼴이 이게 뭡니까? 이 머리는 정말 싫습니다. 그리고 절은 정말 심심합니다. 무수막에만 나와도 사람이 넘쳐나는데 절에는 부모도 형제도 동무도 없잖습니까? 이번엔 무슨 일이 있어도 눈이 오기 전에 마을로 내려올 겁니다."

부칠이는 고개를 끄떡였다. 종일 산만 바라보고 있는 건 종일 화덕 앞에서 메를 들고 있는 것과 별반 다를 게 없을 것 같았다.

"최 부사댁에는 왜 온 거야?"

"큰스님 심부름 왔습니다. 이놈이 이렇게 차려 입으면 최 부사댁 마님도 스님 스님 하면서 깍듯이 대접해 줍니다. 그럴 때엔 스님 할 만합니다."

"요놈, 스님 흉내 그만 내."

부칠이가 뒤통수를 냅다 때리자 만우가 우악스럽게 달려들어 부칠이를 쓰러뜨렸다. 둘은 한참을 뒹굴며 장난을 쳤다. 이럴 때엔 만우 스님이 아니라 그냥 힘세고 개구진 떡점이었다.

무수막 고개를 내려오니 해가 떨어졌다.

"소승, 풀무간으로 형님 찾아가겠습니다."

만우가 다소곳이 합장을 했다.

"세상 인연 다 벗은 스님에게 형님이 웬 말입니까? 범 저녁거리가 되지 않으려면 서둘러 가십시오."

부칠이도 만우 흉내를 냈다.

"걱정 마십시오. 형님이 풀무간에 닿기도 전에 소승은 비연사에서 저녁 공양을 끝낼 겁니다."

부칠이는 만우 허풍에 웃으며 돌아섰다. 우시장 삼거리에서 부칠이는 오른쪽 내리막길로, 만우는 우시장 쪽인 왼쪽 오르막길로 갈라졌다. 부칠이가 장터 마당으로 꺾어 들어가기 전 뒤를 돌아보니 어둑한 산길뿐, 움직이는 것이 없었다. 만우가 호식(虎食)을 당할 걱정은 하지 않아도 될 것 같았다.

"에이, 떡점이라고 해야 되나, 만우라고 해야 되나."

부칠이는 두 사람을 한꺼번에 만난 것 같은 착각이 들었다.

"이놈을, 은혜도 모르는 이놈을……."

도검장이 부러질 듯 장죽을 두드리며 노여워했다. 부칠이는 장죽이 날아오기 전에 얼른 이 판서가 준 서찰을 내밀었다. 서찰을 읽은 도검장이 골똘히 생각에 잠겼다가 부칠이를 놓아주었다.

마당으로 나온 부칠이는 아무도 없는 것을 확인하고 화덕 앞으로 갔다. 지난번 뚜막이가 화덕에 집어넣었던 보따리는 부칠이가 던져 버린 그대로 장작더미에 끼어 있었다. 부칠이는 화기에 쪼그라든 천을 조심스레 떼어 냈다. 쥐도 새도 모르게 사람을 잡아가면서까지 찾으려 했던 서찰에 무엇이 씌어져 있는지 궁금했다. 천 사이에서 종이가 떨어졌다.

타다 만 종이에 띄엄띄엄 남겨진 네 글자만 보였다. 부칠이가 아는 건 上, 한 글자뿐이었다. 이럴 줄 알았으면 야장이 다그칠 때 글공부를 열심히 할걸……. 부칠이는 행이가 했던 것처럼 땅에 글자를 써 가며 외운 후 종이를 보따리와 함께 불이 남아 있는 화덕 안으로 던져 넣었다. 잠시 후 매캐한 냄새가 올라왔다.

부칠이는 까무룩 잠에 빠져들면서 행이와 넓은 최 부사댁과 우람한 목련 두 그루를 생각했다. 떡점이 만우를 생각하자 눈이 감기는데도 실실 웃음이 나왔다.

"미친놈. 노루 궁둥이를 봤나."

옆에 누운 뚜막이가 부칠이 옆구리를 걷어찼다. 사라진 지 며칠 만에 얼굴에 멍을 달긴 했지만 말끔한 차림을 하고 나타난 부칠이가 수상했다. 도검장이 그런 녀석을 그냥 내버려 두는 것도 이상했다. 저녁 내내 녀석을 찔러 보아도 답을 하지 않았다. 부칠이까지 자신을 무시하는 것 같아서 뚜막이는 약이 바짝 올랐다.

"오늘은 내가 형님도 되고 오라버니도 된 날이니까 참는 거다."

부칠이는 얌전히 돌아누웠다. 표창 때문에 잡혀간 것을 생각하면 당장이라도 뚜막이 멱살을 잡아 던져 버리고 싶지만 오늘은 생각할 게 많은 날이었다.

주인 있는 아이

행이는 버선발로 댓돌에 내려서는 옥란에게 급히 신을 꿰어 주었다. 평소 남이 보는 곳에선 더없이 정숙한 옥란이었지만, 오늘은 버선목이 보이도록 치마를 치켜들고서 박씨 부인을 앞질러 갔다.

"어찌할꼬! 이 일을 어찌해."

유모는 차마 별당을 나서지 못하고 입을 쥐어박으며 쩔쩔맸다.

행이는 옥란이 최 부사 앞에 엎어지듯 주저앉는 것을 보고 문 뒤로 몸을 숨겼다.

"아버님, 소문이 사실이에요?"

갑자기 들이닥친 모녀를 보고 최 부사가 눈살을 찌푸렸다.

"어허, 조신하게 행동하지 못하고!"

박씨 부인이 최 부사 호통에도 아랑곳하지 않고 목소리에 날을 세웠다.

“이 판서댁 막내아들이 반푼이에 몸도 성치 않다는데, 알고 계셨소?”

옥란과 박씨 부인은 울상이 되어 있었다.

“아버님, 사실이에요? 말씀 좀 해 보세요.”

“감히 아비가 결정한 일을 왈가왈부하다니! 여인네가 삼종지도를 따르는 것은 당연한 일 아니더냐?”

박씨 부인 목소리가 떨렸다.

“옥란이를 왜 하필 그런 자리로 보내십니까?”

“그런 자리라니, 이시년 판서댁 사돈 자리가 쉬운 줄 아시오? 귀하게 키운 여식, 가치 있게 써야 하지 않겠소? 내가 한다면 하는 게요.”

최 부사 말에 댓돌에 섰던 행이는 더 움츠러들었다.

박씨 부인이 더 이상 아무 말도 못 하고 옥란을 일으켜 세웠다. 쓰러질 듯 발을 끌며 별당에 들어선 옥란이 부축하던 행이 손을 뿌리치고 마당에 풀썩 주저앉았다.

“아버님이 어찌 이러실 수가 있단 말이야.”

옥란이 옷고름을 쥐어뜯으며 울었다.

“하이고, 행이야, 나리가 뭐라셨는데 아가씨가 이러시냐?”

행이는 장터에서 돌아온 유모가 호들갑을 떨며 옥란을 찾을 때부터 못마땅했다. 아무 소문이나 물어다 속닥대는 유모 때문에 이 말썽이 난 것이었다.

“유모가 반푼이 신랑이라고만 안 했어도.”

“시끄러워! 요게, 아가씨 서방님 되실 분께 못 하는 말이 없어.”

유모는 가까스로 옥란을 업고 방으로 들어갔다.

행이는 제 잘못은 모르고 남 탓만 하는 유모 뒤통수를 쏘아보았다. 유모가 매일같이 판서댁 며느리 자리를 입에 올리며 옥란을 부추기더니 기어이 이 사달이 난 것이다.

행이는 함부로 입을 놀리는 유모도 못마땅하지만 어처구니없는 소문을 듣고도 가만히 있는 최 부사도 이상했다. 모녀가 들이닥치는 바람에 화가 나서 소문의 진위를 밝히는 것을 잊은 것일까? 아니면 너무도 해괴한 소문이라서 입에 올리기조차 구차했던 것일까? 행이는 대답을 해 주지 않는 최 부사를 이해할 수 없었다.

옥란은 아무것도 먹지 않으려 했다. 다음 날 의원이 다녀갔지만 악을 써 대며 죽 그릇을 엎어 버렸다.

"병신에게는 절대 가지 않을 거야. 내가 왜? 왜 그래야 하지? 차라리 죽어 버릴 테야! 병신에게 시집가느니 죽는 게 나아."

옥란이 핏발 선 눈을 부릅뜨며 몸을 부들부들 떨었다. 옥란이 용을 쓰며 입술을 물어뜯어 피가 나자, 박씨 부인이 기겁을 하며 옥란의 얼굴에 볼을 부볐다.

"아가, 널 보내지 않을 테다. 결코 그런 일은 없을 거야. 이 어미가 널 지켜 줄 테니 제발, 제발……."

이틀째 곡기를 끊은 옥란은 행이가 떠먹여 주는 탕약까지 뱉어 내며 독하게 굴었다.

행이는 한나절을 망설이다가 결심했다. 옥란의 마음을 돌려놓으려면 최 부사가 나서는 수밖에 없었다. 이 판서댁을 드나드는 최 부사가 소문이 사실이 아니라고만 말해 주면 되는 일이었다. 평소 냉랭한 최 부사 눈빛을 생각하면 끔찍이도 싫었지만 이번 한 번만이라고 다짐을 했다.

"나리 그림자도 무서워하는 네가 가서 무얼 하겠다는 게냐?"

박씨 부인은 최 부사를 찾아가 보겠다는 행이를 무시했다.

행이는 아픈 사람을 붙잡고 소란만 떠는 박씨 부인과 유모를 속으로 비웃으며 사랑채로 향했다.

최 부사는 행이를 보고는 헛기침을 해 대며 언짢은 심기를 드러냈다.

"나리, 아가씨가 죽도 못 넘기고 있습니다."

행이는 떨지 않으려고 주먹을 꽉 쥐었다.

"어찌 판서댁 도련님께 그리도 험한 소문이 붙었는지 모르겠습니다. 나리께서 가당치도 않은 흉한 소문이라고 한마디만 해 주시면 아가씨가 자리를 털고 일어나실 겁니다."

행이가 최 부사 앞에서 오늘처럼 긴 말을 해 보긴 처음이었다.

"잔망스러운 계집이군. 기어이 글공부 자리에 가 앉더니 말문까지 트였나 보구나. 진실이 무엇이든 변할 것은 없다."

최 부사는 행이를 쳐다보지도 않았다. 상대하지 않겠다는 뜻이었다. 행이는 그만 물러나오려다가 돌아서서는 최 부사가 고개를 들 때까지 기다렸다.

서책을 들여다보던 최 부사가 한참이 지나도 가지 않고 있는 행이를 올려다보았다.

"변할 게 없도록 하려면 아가씨를 달랠 말씀을 해 주십시오. 도련님에 관한 칭찬이면 아무거라도 좋습니다. 이대로 가다간 아가씨 몸이

상하고 말 것입니다. 그러면 혼사가 무슨 소용 있겠습니까?"

행이는 저도 모르게 줄줄이 새어 나오는 말에 깜짝 놀라 입을 막았다.

최 부사는 놀라서 행이를 뚫어지게 쳐다보았다.

"방금 뭐라고 했느냐? 다시 말해 보아라."

행이는 몸이 와들와들 떨리기 시작했다. 방금 전 한 말들이 도무지 자신의 입에서 나온 거라고 믿기지 않았다. 최 부사는 행이를 놓아줄 생각이 없는지 말을 해 보라고 독촉했다.

침을 꿀꺽 삼킨 행이는 이 댁에서 이 판서댁 도련님을 직접 본 사람은 나리밖에 없으니, 옥란에게 도련님에 대해서 말해 줄 수 있는 사람도 나리밖에 없다고 했다. 최 부사가 그 말을 곱씹는 사이에 행이는 도망치듯 사랑채를 나왔다. 짧은 시간이 아득하게 느껴졌다.

옥란이 벌인 글공부 소동은 그날로 끝이 나는 줄 알았지만, 다음 날 옥란은 기어이 행이를 글 선생 앞에 앉히고야 말았다. 최 부사와 글 선생의 뜻은 아랑곳하지 않았다. 글 선생이 행이에게 무엇을 배웠느냐고 묻자, 행이는 그저 천자문을 배우다 그만두었고 그것도 어릴 적이라 속에 남아 있는 게 없다고 말했다. 책을 읽어 보라고 했지만 도통 모르겠다는 듯 고개를 떨구었다.

행이는 옥란이 글을 읽는 동안 저도 모르게 따라 하게 될까 봐 조심했다. 입술이라도 달싹이는 날엔 더 큰 소동이 일어날 것이 분명했다. 행이는 그저 연적에 물을 채워 오거나 붓을 정리하는 잔심부름을 하는 것으로 옥란이 옆을 지켰다. 그게 바로 옥란이 원하는 것이었다.

행이는 부엌으로 갔다. 별당으로 돌아가면 꼼짝없이 유모에게 잡혀 있어야 했다. 가마솥을 열어 누룽지 한 덩이를 집어냈다. 행이도 옥란이 때문에 며칠째 제대로 먹지 못해서 배가 고팠다.

우물가에서 아낙 두 명이 쌀을 씻고 있었다. 백중날 비연사로 보낼 떡쌀이었다. 행이는 장독대 옆에 쪼그리고 앉아 누룽지를 오독오독 씹었다.

'진실이 무엇이든 변할 건 없다고? 무슨 뜻일까?'

유모가 물어 온 소문이 사실이라면 최 부사가 옥란을 병신에게까지 보내야 하는 이유가 있을 것이다. 소문이 사실이 아니라면 최 부사가 가만히 있지 않을 것이다. 곧 소문을 물어 온 유모를 잡아 가둘 것이다.

"행이야, 아가씨는 일어나셨니?"

두 아낙이 떡쌀을 주무르며 행이에게 아는 체를 했다. 행이는 대답 대신 고개를 저었다.

"나리께서 알고도 그리하셨을까? 아무리 판서댁이라고 해도 반푼이한테 꽃 같은 아가씨를?"

"무수막까지 다 아는 걸 나리께서 몰랐을 리 없지. 듣자 하니 거동도 못 하는 자리 병신이라던데."

"아휴, 그러게. 아가씨가 병신 수발들게 생겼으니……."

"네 이년."

박씨 부인이 파랗게 질린 얼굴로 서 있었다. 행이는 화들짝 놀라 누룽지 덩이를 놓쳤다. 아낙들이 황급히 일어났다. 아낙들 손에 붙은 쌀이 후드득 떨어졌다. 박씨 부인은 어디서 가지고 왔는지 회초리로 아낙들을 후려쳤다.

"다시 말해 보아라! 뭐라고 했느냐? 병신이라고? 누구 말이냐? 누가 병신이더냐?"

회초리가 쉭쉭 허공을 갈랐다. 박씨 부인이 아낙들 얼굴이며 등이며 사정없이 회초리를 내리쳤다. 반푼이라고 했던 아낙은 꼬꾸라지며 입을 틀어막았다. 박씨 부인이 휘두르는 매질에 두 아낙 몸이 푸들푸들 떨렸다. 장독대 옆에 솥을 내어 걸던 하인들도 그대로 얼어 버렸다. 땀에 젖은 아낙의 낡은 저고리에 피가 배어났다.

박씨 부인을 말릴 사람이 없었다. 행이는 유모를 부르려고 주춤주춤 비껴났다.

박씨 부인이 행이를 향해 돌아섰다.

"너는 옥란이 흉보는 걸 듣고만 있었느냐?"

순식간에 회초리가 행이에게 떨어졌다. 행이는 얼굴을 싸쥐고 주저앉았다.

유모가 달려와 박씨 부인 치맛자락을 잡았다.

"하이고, 마님께서 어찌 이런 험한 일을. 제가 버릇을 들이겠습니다."

박씨 부인이 회초리를 던졌다.

"다시 입을 놀려 보아라. 나무에 매달 것이다."

우물가에 섰던 하인들이 몸을 부르르 떨었다. 박씨 부인이 유모 손을 뿌리치고 성큼성큼 걸어 나갔다. 유모는 행이에게 따라가라고 눈짓을 했다.

"병신이라니, 병신이라니."

박씨 부인은 분을 참지 못하고 사랑방 문을 벌컥 열어젖혔다.

"외동딸을 병신에게 보내시려오? 아랫것들마저 무시하는데 어쩌려오? 판서댁 위상이 그리도 높답니까? 기어이 딸을 팔겠다는 겁니까? 가서 옥란이 꼴을 보시오. 혼사는 고사하고 자식 앞세우게 생겼소."

박씨 부인이 말끝에 울음을 쏟았다.

최 부사가 댓돌 아래에 서 있는 행이를 노려보았다.

"고자질하는 버릇이 있는 줄 몰랐군."

최 부사는 행이가 쪼르르 달려가 박씨 부인에게 입을 놀린 거라고 생각했다.

"말씀해 보세요. 옥란일 주고 무엇을 얻기로 하셨어요?"

박씨 부인이 최 부사에게 바짝 다가가 바닥을 치며 울부짖었다.

최 부사가 목소리를 착 깔았다.

"반푼이란 말은 가당치 않소. 이 판서댁 막내아들 학식은 견줄 자가 없고, 성품 또한 너그럽기 그지없소."

최 부사는 서책을 펼치며 별일이 아니라는 듯 말했다. 박씨 부인은 울음을 그쳤지만 여전히 의심스러운 눈빛이었다.

최 부사는 확답을 받고 싶은 박씨 부인의 마음을 읽은 듯 한마디 덧붙였다.

"그 소문은 진작 알고 있었소. 높은 자리에 앉으면 적이 생기기 마련이오. 이 대감도 그 소문을 듣고 나를 볼 낯이 없다고 미안해했소. 이만하면 됐소? 가서 옥란이나 잘 다독이시오."

행이는 조금도 흔들림이 없는 최 부사의 표정에 마음이 놓였다. 박씨 부인이 남아 있는 눈물을 닦았다. 갑작스레 일이 마무리가 되어 점잖지 못한 언행이 새삼 민망했다.

박씨 부인이 자리에서 일어나며 휘청거리자 행이가 재빨리 부축했다.

"네? 네 얼굴에 그게 무엇이냐?"

최 부사가 버럭 소리를 지르는 바람에 놀란 행이가 뒤로 훌쩍 물러났다.

"누구 짓이냐? 누구냐?"

최 부사가 행이 얼굴을 들어 올려 뺨에 난 상처를 만졌다.

박씨 부인이 최 부사와 행이 사이를 막아섰다.

"이 아이가 그리 대수요? 나리는 앓아누운 옥란이보다 이깟 것에 마음이 더 쓰이나 보오."

박씨 부인은 울어서 목이 쉬어 있었다.

행이는 최 부사에게 손목이 잡힌 채로 몸을 바들바들 떨었다.

최 부사가 벌겋게 달아오른 얼굴로 낮게 윽박질렀다.

"주인이 따로 있는 아이오."

박씨 부인이 의아하게 쳐다보았다.

최 부사가 행이를 놓아주고 박씨 부인을 한쪽으로 끌고 가더니 낮은 소리로 말을 했다. 박씨 부인이 소스라치게 놀라 최 부사 손을 뿌리쳤다. 그러고는 행이를 기이하게 쳐다보며 도망치듯 사랑채를 나갔다.

밤이 깊었다. 긴 하루가 끝나고 있었다. 행이는 미음을 먹은 옥란이 잠든 것을 보고 마루에 나와 앉았다. 행랑채에서 피우는 쑥불 냄새가 담장을 넘어왔다.

박씨 부인은 어처구니없는 소문을 가지고 온 유모를 호되게 꾸짖었지만 옥란이 아프다는 이유로 큰 벌을 주지는 않았다.

"주인이 있는 아이오."

행이는 최 부사가 한 말이 저녁 내내 머릿속을 떠나지 않았다. 옥란이 문제가 풀리는 자리에서 더 큰 의문을 안고 온 것이다. 산유각에서 살 때, 언니들이 가끔 '내 주인님이' 하며 말을 시작하곤 했다. 어매 말로는 언니들은 자신의 주인을 의지하며 산다고 했다. 언니들은 그런 말을 하며 웃을 때도 있었고 눈물을 흘릴 때도 있었다.

나에게도 내가 모르는 주인이 있는 것일까? 내 주인은 좋은 사람일까? 행이는 최 부사에게 다시 한 번 찾아가서 물어보고 싶었다. 그러나 이젠 도저히 그 앞에 설 용기가 나지 않았다. 최 부사는 얼굴에 상처가 난 행이에게 당장 돌아가 방에서 나오지 말라고 매섭게 몰아붙였다. 행이는 좁은 우리에 갇힌 것이나 다름없었다.

행이는 뺨에 난 상처를 조심스레 만졌다. 점을 가르는 긴 상처가 부풀어 올라 있었다. 딱지가 앉고 아물려면 여러 날이 걸릴 것이다. 어릴 적에는 거울 앞에서 얼굴이 빨개지도록 점을 쥐어뜯곤 했다. 물을 묻혀 문질러도 보고 어매 몰래 분을 발라 봐도 한쪽 뺨을 덮고 있는 점은 지워지지 않았다. 그러다 결국 울음이 터져 버리면 어매가 행이를 달랬다.

"그래도 조금씩 옅어지고 작아지고 있으니 얼마나 다행이냐? 처음엔 얼굴의 반을 다 덮더니 이젠 볼 한쪽으로 물러나 있잖니? 그저 낳아 준 어미가 준 표식이라고 생각해라."

행이는 밤하늘을 올려다보았다. 하늘에는 행이 볼에 있는 점을 닮은 이지러진 여름 달이 떴다. 환하게 달무리가 진 것을 보니 며칠 내 비가 올 것 같았다.

헛수고

달구지가 풀무간 골목으로 줄줄이 들어왔다. 부칠이는 입이 딱 벌어졌다. 장작을 실은 달구지 두 대 뒤로, 강 너머 숯내에서 나룻배로 실어왔다는 숯 달구지까지 있었다. 이것들을 안으로 옮기는 일은 모두 부칠이 몫이었다.

"뒷마당에 장작이 산더미인데, 뭐하러 이렇게 많이 들이는 거야?"

"그것과는 비교도 안 되지. 이건 참나무 중에서도 최상품이야."

달구지를 끌고 온 일꾼이 하는 말에 부칠이가 잔뜩 부은 얼굴을 하고 장작더미를 툭툭 쳤다.

"체, 아무리 그래도 장작은 바싹 마른 게 최고지."

"이놈! 동티 날 말은 입에 담지도 마라. 던지지 말고 하나하나 정성스럽게 쌓아라."

언제 왔는지 도검장이 장죽으로 부칠이 뒤통수를 때렸다.

화들짝 놀란 부칠이가 지게를 챙겨 달구지 뒤로 돌아가고, 일꾼들도 일제히 흩어졌다.

뒷마당에서는 도검장과 야장 둘이 상형로를 점검했다. 이번 작업을 위해 황토로 새로 쌓아 올린 상형로는 부칠이 키를 훌쩍 넘을 만큼 컸다.

"저렇게 큰 상형로에 불을 넣는 게 얼마 만인가?"

"글쎄, 노 도검장이 살아 계실 때 나라에서 주문한 철을 뽑아내느라 불을 넣고는 그만이었을걸."

나이 지긋한 일꾼들은 분주하게 움직이면서 말을 주고받았다.

"이번에도 병장기 만들 불이 들어가나?"

"모르는 소리. 병장기 만드는 데 이렇게 후한 거 봤나? 모든 게 최상품인 걸 보면 부처님 귀이개라도 두드리려는 게지."

와아 하고 터진 웃음이 눈치 빠른 누군가의 헛기침에 뚝 끊어졌다.

부칠이는 슬며시 웃었다. 이번 일이 이 판서와 최 부사가 주문한 검을 만드는 준비 작업이라는 걸 아는 건 자신뿐이었다. 평소대로라면 도검장이 적당한 야장에게 일감을 분담해 주고 작업을 감독만 했겠지만, 이번 일은 처음부터 사소한 것 하나까지 손수 챙겼다. 부칠이는 굉장한 검이 만들어지리라는 확신이 들었다. 이 판서가 내년에 있을 마지막 담금질 고사에 쓸 제물을 손수 마련해 놓았다는 것을 보면 이만저만 정성을 들이는 게 아니었다.

풀무간 처마에 매달린 종이 울렸다. 일꾼들을 불러 모으는 소리였다. 그제야 뚜막이가 하품을 하며 나타나 일꾼들 사이에 끼어들었다.

도검장이 디딤돌 위로 올라섰다.

"일이 마무리되면 일찍 돌아들 가고 내일은 나오지 마라. 상형로에 불을 넣어 철을 얻는 것부터 정련하고 단조하여 검이 완성되는 명년까지 상형로 옆에 있는 광을 비워 따로 작업을 할 것이니, 상형로와 작업장이 있는 뒷마당 출입은 엄격히 금한다."

야장과 일꾼들이 일제히 "예." 하고 대답을 했다. 최고 야장에게도 일을 조곤조곤 상의하지 않는 성격인 도검장이 그러하다면 그런 것이었다. 아무도 이유를 묻지 않았다.

부칠이는 일꾼들이 흩어지는 틈을 타서 슬그머니 풀무간을 나왔다. 지게를 진 어깨가 묵직하니 아팠다. 행이에게 산유각 어매를 찾아가 보겠노라고 약속한 지 여러 달이 지났다. 주막집 아저씨가 알려 준 산유각은 강을 따라 한참을 내려가야 하는 곳이었다. 강가 모래사장을 걷다가 땅이 다져진 버드나무 길로 올라서니 큰 기와집이 보였다.

산유각 안은 몹시도 분주했다. 짐을 옮기는 일꾼들이 쉼 없이 드나들어서인지 아무도 안으로 들어가는 부칠이를 잡지 않았다.

부칠이가 산유각 어매를 찾자, 한참이 지나서야 연한 물빛 모시적삼에 갈맷빛 치마를 입은 여자가 나왔다.

"행이 심부름을 왔습니다."

부칠이는 씩씩하게 인사를 했다. 어매라는 사람은 행이 이름을 듣고도 장죽만 빨아 댔다.

"행이가 재너미 최 부사 나리댁에 있습니다. 어매를 꼭 한번 뵙고 싶어 합니다."

"행이라면……, 뒤채에 살던 그 아이 말이냐?"

여자는 행이가 겨우 생각났다는 말투였다.

"나는 행이가 찾는 어매가 아니다. 어매는 돌아가셨다."

"네? 돌아가셨다고요?"

생각지도 못한 일이었다. 행이는 산유각에 소식을 전하기만 하면 어매가 최 부사댁으로 찾아와 줄 거라고 했다. 부칠이는 행이가 전하라던 뒷말은 꺼내지도 못하고 터덜터덜 산유각을 나와 강변 버드나무 아래 주저앉았다.

한동안 비가 오지 않아 모래가 바짝 말라 있었다. 수심이 낮은 곳에 생겨난 풀등엔 허리를 드러낸 풀들이 강물에 흔들렸다. 비가 오면 흔적도 없이 쓸려 갈 것들이었다.

부칠이는 모래를 한 움큼 쥐었다가 손가락 사이로 사르르 흘려보냈다. 볕에 달궈진 모래는 뜨거웠다. 아무리 꽉 쥐어도 모래는 조금씩 빠져나갔다.

"아휴, 어쩌지."

부칠이는 심부름을 하겠다고 나선 게 후회되었다.

행이가 어매와 헤어진 게 전쟁 때였다면, 부칠이가 누이와 헤어지던 그맘때였을 것이다. 그때 부칠이는 눈으로 쫓던 누이를 놓쳐 버리고 긴 행렬을 따라갔다가 밤이 되어서야 풀무간으로 돌아왔다. 달리 갈 곳이 없었던 것이다. 그러다 한 달도 채 지나지 않아 잡혀갔던 도검장이 돌아온 것을 보고는 매일같이 무수막에 올랐다. 행여나 돌아오는 무리에 누이가 섞여 있지 않을까, 하고 희망을 품었다.

지금 행이 마음이 꼭 그럴 것 같았다. 행이는 오늘쯤, 내일쯤 하며 어매를 기다리고 있을 것이다. 어매가 돌아가셨으니 행이도 자신처럼 의지할 곳 없는 신세가 되어 버렸다. 이 사실을 알면 얼마나 슬퍼할까……. 부칠이는 괜히 행이에게 미안해졌다.

'아버지도 누이도 죽었을까.'

사람들은 부칠이에게 그만 포기하라고 했다. 아비가 살았더라면 진작 무수막 장터로 찾아왔을 거라고, 그사이 오랑캐까지 휩쓸고 갔으니 무사하기는 틀렸다고 했다. 누이 또한 살아서 돌아와도 이젠 소용이 없다고 했다.

사람들은 청에서 사람을 데려오는 속량 값이 또 올랐다고 했다. 이젠 재물이 있는 집에서도 엄두를 내지 못한다고 했다.

"대를 이을 종갓집 장손 정도라면 문중에서 십시일반 돈을 모아 찾아오는 시늉이라도 할 테지."

사람들도 이젠 식구가 제 발로 도망쳐 오지 않는 한은 만나기 어렵다고 했다. 나라에서는 환향한 아녀자를 핍박하지 못하게 했지만, 명망 있는 가문일수록 명분을 내세워 사람 취급을 하지 않았다. 부칠이는 지난봄 개울에서 떨고 있는 마님을 직접 눈으로 보고서야 그 말을 믿었다.

부칠이는 더 이상 주막에 오는 털보 역관을 보러 가지 않았다. 누이 정도면 여러 사내를 거쳤을 거라는 역관 말에 상을 뒤엎고 도망친 후였다. 이젠 사람들이 떠들어 대는 말은 누이와 상관없는 일이라고 무시해 버리기로 했다.

'그저 살아만 있으면 좋겠다.'

산유각 어매의 죽음을 알아서인지 오늘은 누이 생각이 더 간절했다.

부칠이에게 분이는 엄마이고 동무였다. 배가 고파 누이 저고리 옷고름을 빨며 잠들던 날이 있었다. 그땐 배불리 먹는 게 소원이었지만 이젠 배를 곯아도 좋으니 함께 살기만 했으면 좋겠다. 아비와 누이가 돌아만 와 준다면 세 식구가 먹을 양식을 구할 자신도 있었다.

부칠이가 뿌린 모래가 강물에 빗방울 같은 잔흔을 만들어 놓고 사라졌다. 아무리 손아귀에 힘을 줘도 새어 나가는 모래처럼 오랫동안 악착스럽게 움켜쥐고 있던 희망이 부칠이에게서 자꾸 빠져나갔다. 다시는 돌아오지 않는 저 강물처럼 누이도 아비도 멀리 가 버렸을까 봐 겁이 났다.

돈을 모아야 한다. 조선인이 모여 있다는 국경 근처에 가서 강 너머 누이가 사는 땅을 보기라도 해야 한다. 부칠이는 상형로에서 철을 뽑아내는 일이 끝나면 도검장에게 이 판서댁 심부름을 하겠노라고 허락을 구할 생각이었다. 이 판서가 도검장에게 준 서찰에는 분명 남아사용(男兒使用)이라고 적혀 있었다.

'행이에게 뭐라고 하지? 또 울면 어떡하지…….'

부칠이는 벌떡 일어나 모래를 걷어찼다. 모래가 사방에 날리며 마른 먼지가 일었다.

"혼자서 뭐해?"

부칠이가 놀라서 돌아보자 뚜막이가 서 있었다.

뚜막이가 부칠이를 밀쳐 내고 털썩 주저앉았다.

"자식, 울었어?"

부칠이는 갑자기 나타난 뚜막이가 이상했다.

뚜막이도 부칠이처럼 모래를 만지작거렸다.

"누이 생각했구나. 분이 누이는 동그란 이마가 참 예뻤어."

'새끼, 웬일이야?'

지금까지 뚜막이가 누이를 입에 담은 적이 한 번도 없었다.

풀무간 주인 아들이라는 이유로 아이들에게 대장질을 하던 뚜막이는 어미 벙어리댁이 역병으로 죽자 툭하면 부칠이에게 주먹질을 했다. 장돌뱅이가 더러운 병을 옮긴 거라며 어미 잃은 울분을 역병에서 혼자 살아남은 부칠이에게 풀었다. 지금처럼 부드럽게 말을 한 것은 처음이었다.

뚜막이가 앙바틈한 몸집에는 어울리지 않게 눈을 착 내리감았다.

"넌 누이를 기다리기라도 하지, 난 어머니를 기다릴 수도 없어."

"왜 이래? 날 떠보려는 거야?"

부칠이는 아무래도 뚜막이가 미심쩍었다.

"넌 몰라, 어머니가 어떻게 죽었는지. 난 내 눈으로 다 봤단 말이야. 그날 이후 어르신이 도무지 내 아버지 같지 않아."

뚜막이가 도검장을 아버지라 부르지 않고 일꾼들과 같이 어르신이라고 부르는 것에 대해서 일꾼들 사이에서는 말이 많았지만 정작 도검장은 가타부타 말이 없었다.

"의원도 못 고친 병을 어르신이 어떻게 고쳐?"

부칠이는 뚜막이에게도 이렇게 여린 구석이 있다는 게 믿어지지 않았다.

강을 따라 내려가는 나룻배에서 버들가지처럼 축 늘어진 노랫가락이 흘러나왔다.

"왜 따라왔어?"

부칠이는 목소리를 가다듬고 물었다.

"따라온 게 아니고……, 어쩌지?"

"뭔데?"

뚜막이가 난처한 듯 한숨을 쉬더니 모래에 반쯤 묻힌 작은 자루를 발로 찼다. 자루 안에는 팥 알갱이만 한 작은 쇳조각이 대여섯 줌 들어 있었다.

"어르신 심부름인데, 두물천 대장간에 가져다주고 값을 받아 와야 하거든."

한강으로 흘러드는 두 물줄기가 만나는 두물천은 여기서 멀지 않은 곳이었다.

"대장장이가 바뀌고 첫 거래라서 값을 후려칠 거래. 어르신이 제값을 받아 오지 않으면 가만히 안 두겠대. 그런데 내가 가면 더 깎으려 들 거란 말이야. 난 왈패들하고 어울려서 소문도 안 좋잖아. 네가 사라지는 바람에 어쩔 수 없이 온 거라고. 어르신이 얼마나 바빴으면 나에게 맡겼겠어?"

부칠이는 일하다 말고 몰래 빠져나온 것이 뜨끔했다. 한껏 기가 죽은 뚜막이를 보고 부칠이가 자루를 들었다.

뚜막이 말대로 대장장이는 부칠이 속을 캐내려는 듯 음흉하게 웃으며 시간을 끌었다. 부칠이가 자루를 쥐고 버틴 끝에 값을 조금 더 올려 받을 수 있었다. 버드나무 아래에서 기다리던 뚜막이는 은전 꾸러미를 받아 들고 흡족해하며 나루터를 향해 뛰어갔다.

'자식, 어르신 심부름도 다 하고.'

그러고 보니 요즘 들어 뚜막이가 얌전했다. 장터에서 함부로 표창을 가지고 놀지 말라는 부칠이의 경고를 알아들었을 것이다.

'뚜막이 말처럼 소식을 모르면 기다리기라도 할 텐데.'

넋을 놓고 있던 부칠이는 생각을 고쳐먹고 산유각으로 되돌아갔다.

산유각 주인은 다시 찾아온 부칠이를 귀찮아하며 나와 보지도 않았다.

"어매 기일이라도 알려 주세요. 어떻게 돌아가셨는지도요. 병이 있었나요?"

"작년에 처서가 지나고 돌아가셨다. 의원이 소갈증이 깊었다고 하더라."

주인은 막무가내로 뻗대는 부칠이에게 적선하듯 말을 던져 주고는 방문 앞에 쳐 둔 발을 내렸다.

부칠이는 물어보길 잘했다는 생각을 했다. 기일이라도 알고 있는 것이 행이에게는 위안이 될 것이다. 손님을 태운 배가 뭍을 떠나 강을 거슬러 올랐다. 누군가의 죽음을 전한다는 건 참으로 무거운 책무였다.

해넘이가 지난 풀무간 담 밖으로 횃불이 너울거렸다. 도검장 명대로라면 일꾼들이 모두 돌아갔을 시각이었다. 내일 있을 작업 준비가 길어지는 것 같았다. 어쩌면 새로 쌓아 올린 상형로에 문제가 생긴 것인지도 모른다. 상형로에 탈이 났다면 내일 철을 뽑아내는 일이 틀어졌다는 뜻이었다.

부칠이는 급히 마당으로 들어섰다. 마당엔 일꾼들이 빙 둘러서서 낮은 싸리 울타리 너머로 안집을 들여다보고 있었다. 부칠이가 일꾼들을 비집고 들어갔다. 그런데 눈앞에 벌어진 광경이 심상치 않았다. 도검장이 댓돌에 올라서 있고, 땅바닥에는 뚜막이가 흙투성이로 쓰러져 있었다. 바닥에는 부러진 회초리가 여러 개였다.

한 야장이 부칠이를 발견하고는 거칠게 뚜막이 옆으로 잡아끌었다.

"네가 쇳조각을 팔았느냐?"

"……."

도검장이 영문을 몰라 눈만 끔뻑이는 부칠이 앞에 자루를 내려놓았다. 낮에 두물천 대장간에 가져다준 자루였다.

"멀리 내다 팔면 모를 줄 알았느냐? 네가 누이를 찾기 위해 돈을 버는 방법이 이런 것이었느냐?"

부칠이는 뚜막이를 쏘아보았다. 손버릇 나쁜 뚜막이를 믿는 게 아니었다.

"아, 아닙니다. 분명 뚜막이가 어르신 심부름이라고 했습니다."

도검장이 부칠이 등을 회초리로 내리쳤다.

"내가 떨어져 나간 티끌이라도 내어 주었던 적이 있더냐? 그걸 팔아오라고 시킨 적이 있었느냐 말이다. 풀무간에 있는 쇠붙이 절반은 나라 것임을 알고 있을 터이다. 풀무간 물건에 손을 대는 것은 나라 재물에 손을 대는 거나 마찬가지다. 내일은 중요한 날이라고 분명 일렀다.

들어오는 악귀도 막아야 할 때에 부정한 짓을 저지른 너희를 용서할 수 없다. 풀무간 것을 집어 가면 어떻게 되는지 단단히 보여 주어라."

일꾼들이 부칠이와 뚜막이를 마당으로 끌어냈다.

"어르신, 잘못했습니다. 살려 주십시오."

도검장이 발목을 부여잡는 부칠이의 가슴팍을 걷어찼다.

"쥐새끼같이 면내는 손도, 그걸 흥정하는 입도 용서할 수 없다."

사정없이 몽둥이가 날아왔다. 부칠이는 조금이라도 덜 맞으려고 버둥거렸지만, 뚜막이는 작정을 한 듯 꿈쩍도 하지 않았다. 악을 쓰며 내지르던 비명이 신음으로 바뀔 만큼 매를 맞고서야 둘은 바깥 집에 딸린 광에 갇혔다.

부칠이는 숨을 고르고 팔꿈치로 조금씩 기어가 쌓여 있는 볏짚에 간신히 몸을 기대었다.

입 안에서 피가 나는지 자꾸만 침을 뱉어내던 뚜막이가 부칠이 탓을 했다.

"값을 올려 받는 바람에 탈이 난 거잖아."

"새끼, 나를 끌어들이려고 일부러 누이 이야기를 한 거지?"

뚜막이는 낄낄거렸다.

"계집처럼 징징거리는 꼴이라니. 짚신짝 팔아서 언제 돈을 모으냐? 그리고 누이는 찾아서 뭐하게? 되놈 여자가 된걸. 다 소용없는 짓이야, 흐흐흐."

"뭐야? 이 새끼."

부칠이는 벌떡 일어나 뚜막이를 들이받았다. 둘은 동시에 비명을 지르며 넘어졌다. 뚜막이에게서 술 냄새가 확 풍겼다.

뚜막이는 웃음이 터져 나오는데도 자꾸만 눈물이 맺혔다. 부칠이를 끌어들이려고 뒤쫓아 가긴 했지만 강가에서 부칠이에게 했던 말은 모두 진심이었다. 어릴 적 도검장 몰래 장작을 내어 주면 수줍게 돌아앉던 분이 누이는 참 예뻤다. 그런 누이를 둔 부칠이가 얄밉도록 부러웠다.

"어르신이 작년부터 쇳조각을 훔치는 자를 잡으려고 벼르고 있었다는 거 몰라? 그런데 자루째 훔쳐서 나를 끌어들여?"

"대장간들이 어르신과 한통속인 줄 알았겠냐? 다들 나를 못 잡아먹어서 안달이지. 어차피 이렇게 된 거, 이참에 너도 우리 패거리에 들어와라."

"이러니 네놈이 째마리라는 소릴 듣는 거야. 이제 쫓겨나게 생겼는데 어떡할 거야?"

"난 풀무간에 미련 없어. 평생 철을 두드리는 것밖에 모르는 어르신 밑에서 살 생각은 추호도 없어. 날 길들이겠다고? 흥, 난 두드리는 대로 만들어지는 철이 아니야. 내가 모를 줄 알고! 다 봤어, 봤다고!"

부칠이는 뚜막이 뒤통수를 후려쳤다. 녀석은 술에 취해서 횡설수설이었다.

"새끼, 정신 차려! 여기서 나갈 생각이나 해."

갑자기 뚜막이가 울기 시작했다.

"거적에 싸여 들려 나가는 어머니 손이 움직이는 걸 봤어. 관원들이 살아 있는 어머니를 데려간 거야. 어르신은 다 알면서 관원들에게 말 한마디 못 하고, 병이 옮을까 봐 어머니를 찾으러 가지도 않았어. 비겁

한 겁쟁이야! 그러고도 너는 항아리 안에 숨겨 주기까지 했잖아."

뚜막이가 몸부림치며 흐느꼈다.

부칠이는 뚜막이 말이 도저히 믿어지지 않았지만 거짓말을 하는 것 같지는 않았다. 단, 잘못 알고 있는 것은 한 가지 있었다.

"틀렸어. 항아리 안에 숨은 건 나 혼자 한 일이야."

부칠이는 병이 나서 이틀 밤을 앓다가 새벽에 우물로 기어 나왔다. 물을 마시는데 담 밖에서 관원들이 사람들을 잡으러 온다는 소리가 들렸다. 무슨 정신이었던지 부칠이는 장독간 빈 항아리 안으로 들어가 숨었다. 온몸에 열이 끓어올랐지만 그대로 있다간 청군이 누이를 채가듯 순식간에 잡혀갈 것 같았다.

뚜막이가 부칠이 이야기에 실없이 웃었다. 도검장에 대한 오해는 풀렸지만 어머니를 빼앗긴 원망이 사라지는 건 아니었다. 부칠이처럼 기어 나올 힘조차 없는 데다 말도 못 하는 어머니는 소리도 못 지르고 불속에서 죽어 갔을 것이다.

"병장기를 만들어 내면 뭐해? 싸울 줄도 모르는데. 양반에게 납작 엎드려 굽실거리는 꼴이라니. 그렇게 사느니 죽는 게 나아."

뚜막이가 중얼중얼 읊조렸다.

부칠이는 뚜막이가 어르신을 싫어하는 이유를 알았다. 아픈 식구를 돌보지 않고 빼앗기기까지 한 도검장을 누구보다 매정하고 비열한, 아버지라고 부르고 싶지 않을 만큼 몰강스러운 사람으로 여겼던 것이다.

어둔 광 안으로 달빛이 들어왔다. 울던 뚜막이는 잠이 들었다. 서늘한 새벽 기운에 부칠이는 짚단 속으로 파고들었다. 깜빡 잠이 들었던 부칠이는 도검장 목소리에 놀라 일어났다. 도검장이 부칠이를 광 밖으로 끌어냈다.

"일손이 모자라니 거들어라."

얼떨결에 밖으로 나온 부칠이는 도검장 명대로 깨끗한 옷으로 갈아입고 고사 준비를 하는 안댁을 도왔다.

잠시 후 뚜막이가 문을 두드리며 악을 썼다.

"문 열어! 문 열라고. 다들 한통속이야, 이 거지새끼 가만히 안 둬!"

결국 도검장이 들어가 뚜막이 뺨을 후려치고는 부칠이에게 밧줄을 던져 주었다.

부칠이는 뚜막이를 찍어 누른 후 팔을 뒤로 꺾어 묶고는 입에 재갈을 물렸다. 뚜막이는 발버둥을 치며 부칠이를 쏘아보았다.

'나도 어쩔 수 없어.'

부칠이는 뚜막이 눈길을 피했다.

도검장은 광을 자물쇠로 단단히 채웠다. 오늘은 상형로에 불이 들어가는 첫 고삿날이었다. 도검장에게는 그 어느 때보다도 중요한 날이었다.

임금을 위한 검

상형로 앞에 멍석이 깔렸다. 도검장이 도포를 차려입고 나오다가 독에 물을 채워 넣는 부칠이를 보고 눈살을 찌푸렸다. 부칠이 광대뼈에 퍼런 멍이 달려 있었다.

부칠이는 조용한 뒷마당을 부지런히 오갔다. 고사를 지내는 날이면 풀무간 안팎이 시끌벅적했지만 오늘은 마당도 골목도 휑하니 비었다. 항아리째 꺼내 놓은 술독도 없고 고소한 기름 냄새를 좇아 담에 붙어선 구경꾼도 없었다. 풀무간 전체가 사발에 담긴 물처럼 잔잔했다. 상형로까지 새로 지어서 직접 철을 뽑아내는 작업에 비해 고사는 너무나 초라하고 썰렁했다.

말발굽 소리에 부칠이가 뛰어나갔다. 이 판서와 최 부사가 말에서 내리자 하인들이 말머리를 돌려 풀무간 앞을 벗어났다. 부칠이는 반가운 마음에 넙죽 절을 했지만 이 판서는 부칠이를 잊은 듯 무심했다.

이 판서와 최 부사가 상형로 앞에 차려진 고사상에 나란히 섰다. 부칠이가 받아 놓은 물에 도검장이 손을 씻는 것으로 고사가 시작되었다. 도검장이 향을 피우고 이 판서가 첫 술잔을 올렸다. 도검장이 낮은 음성으로 제문을 읽은 후엔 최 부사가 술을 올렸다. 마지막으로 도검장이 술을 올리고 모두가 절을 했다. 불이 붙은 제문이 하늘로 올라갔다가 재가 되어 천천히 내려앉았다.

도검장이 사다리를 타고 올라가서 철광석과 숯을 상형로 안으로 쏟아 넣었다. 부칠이가 아래에 뚫어 놓은 송풍구로 쉴 새 없이 풀무질을 하자 불이 붙기 시작했다. 잠시 후 괄한 불길이 일어나며 찌꺼기를 빼내는 구멍으로 불꼬리가 밀려 나왔다. 하늘로 불티가 솟아올랐다. 마침내 상형로가 불꽃과 한 덩어리가 되어 달아올랐다. 이어 주위로 액막이 금줄이 쳐지고 황토가 뿌려졌다.

도검장은 두 손을 모으고 상형로 앞에 섰다.

'성심을 다해서, 혼을 쏟아 부어서 검을 만들겠나이다.'

흘러내리는 땀이 도검장 얼굴을 적셨다. 결연한 의지가 담긴 얼굴이 불길에 번들거렸다. 도검장의 간절함이 켜켜이 쌓여 굵은 주름에 새겨졌다.

이젠 불이 상형로 안에 있는 모든 것을 태울 때까지 기다려야 했다. 불이 꺼지고 싸늘하게 식은 열흘 후에야 다시 상형로에 손을 댈 수 있을 것이다.

"부칠아, 두 분을 안으로 모셔라."

하늘로 솟구치는 연기에 넋을 놓고 있던 부칠이가 후다닥 일어났다.

도검장이 상형로 작업을 마무리하고 방으로 들어갔을 때 두 사람은 이미 술을 한 잔씩 나눈 뒤였다. 열어 놓은 문으로 들어오는 더운 바람에도 방 안 기운은 싸늘했다.

"생채기라니, 이게 무슨 경운가? 무진년, 진월, 진일, 진시! 사진일 사주를 또 어디서 구한단 말인가. 자넨, 이것을 잃으면 다 잃은 것이네. 집안 목숨을 다 내어놓아도 소용없다는 뜻이야."

"다시는 이런 일이 없을 것입니다. 귀중하게 돌보겠습니다."

노한 이 판서 앞에서 최 부사가 어쩔 줄 몰라 했다.

대화가 끊기고 다시 냉랭한 기운이 돌았다.

부칠이는 방을 기웃거리다가 감겨 오는 눈꺼풀에 그 자리에 쪼그리고 앉았다. 이 판서가 올 줄은 까맣게 몰랐다. 지금껏 검을 주문한 어느 대감도 직접 풀무간으로 온 적이 없었다. 입술이 터지고 얼굴에 멍이 들어 모양새가 엉망이긴 하지만 부칠이는 이참에 이 판서에게 심부름꾼으로 써 달라고 간청할 참이었다.

도검장은 두 대감 잔에 술을 채우고 멀찍이 물러나 앉았다. 찬물을 들이켜긴 했지만 괄한 화기를 머금은 몸에서는 아직도 땀이 났다.

"긴박하고 중요한 시기네. 청에서 온 마부대가 전하를 심양으로 불러들이겠다고 협박하고 있네. 남한산성에서 나올 때 소현 세자를 어좌에 앉히지 않은 것을 후회한다는 망발까지 했다지 않나?"

이 판서가 한껏 가라앉은 목소리로 말했다.

청에서는 자신들의 요구를 들어주지 않을 때마다 임금이 심양으로 와서 직접 청 황제를 알현하라고 압박을 가했다. 마부대는 항복 조항을 어기고 남한산성을 보수했다는 것과 청에서 도망쳐 온 포로들을 돌려보내지 않았다는 것을 따지고 들었다. 이 판서는 지난밤 늦게까지 조정에서 회의를 하였지만 아무런 대안도 얻지 못했다. 한 신하가 청에서 군대를 보내 임금을 납치해 갈 것을 우려하자 결국 모두가 통곡하였다.

청이 요구하는 것은 명을 버리고 청만을 섬기라는 것이었다. 게다가 함께 명을 공격하자고까지 했다. 그러나 그것은 반정을 일으킨 명분을 임금 스스로 거스르는 일이었다. 광해군을 몰아낸 이유 중 하나가 오랑캐인 청에게 우호적이기 때문이었다.

세자가 심양으로 잡혀간 지 어느 덧 두 해가 지났다. 임금은 세자가 떠나는 날 창릉까지 거동하여 배웅하였다. 자신의 부덕으로 자식을 적의 손에 맡겨야 하는 심정을 말로 다 표현할 수 없었다. 임금은 세자에게 지나치게 화를 내지 말고 청에게 가볍게 보이지도 말라고 당부했다. 또한 세자를 데려가는 청의 왕자 도르곤에게 절을 하며 여러 날 노숙할 것을 염려하여 제발 온돌방에서 재워 달라고 간곡히 청했다.

다행히 세자는 심양에서 사람들에게 신임을 얻고 있었다. 지금은 땅을 개간하여 농사를 짓는 일까지 관장하고 있었다. 임금은 세자가 심양에서 조선의 방패가 되어 주길 바라고 있었다.

"전하는 세자가 좀 더 대차고 꿋꿋하길 바라시네. 청이 조선에 더 이상 무리한 요구를 하지 못하게끔 말이야. 하지만 그것도 염려되는 부분이지. 전하가 계신데 세자가 그곳에서 대사를 결정한다면 청이 소현 세자 쪽으로 더 기울어지지 않겠나?"

이 판서는 깊은 한숨을 내쉬고 술잔을 비웠다.

임금은 세자가 심양에서 청의 신하들과 잘 지낸다는 소식이 와도, 그들에게 몹시 시달려 병이 들었다는 소식이 와도 걱정을 했다. 그동안의 치욕을 잊고 아비를 무릎 꿇게 한 자들과 담소를 즐기는 것에 분노하다가도 먼 이국에서 온갖 수모를 겪어야 하는 것이 못난 아비 탓인 것만 같아 눈시울을 붉히곤 했다.

최 부사가 머리를 조아렸다.

"지금 도성 밖에서는 해괴한 소문이 돌고 있습니다. 경상도에서 황새가 패를 나눠 수일간 싸우는 일이 벌어지는가 하면, 청파 돌다리 아래에서는 개구리들이 서로 싸우다 떼로 죽는 바람에 개구리 시체가 길을 덮었다고 합니다. 백성들은 나라의 운이 다했다고 한탄하고 있습니다. 길조인 황새 수십 마리가 죽은 것을 보고 또다시 큰 변이 닥칠 거라는 소문이 돌고 있습니다."

이 판서가 고개를 끄떡였다.

"신하들이 벼슬을 거부하고 낙향하는데 저잣거리 백성인들 오죽하겠나? 종사를 버려 두고 도망을 가 청에게 절을 한 전하를 더 이상 섬기지 않겠다는 게지. 이럴 때일수록 인재가 필요한 법이네. 일이 성사만 된다면 자네에게는 더없는 기회라는 걸 잊지 말게. 제대로 해야 한단 말일세."

이 판서가 또다시 잘못을 꼬집자 최 부사가 쩔쩔맸다.

이 판서가 사진검을 간청드릴 때만 해도 반정 끝을 마무리하고, 흩어진 민심을 모아 정사를 바로 잡기 위한 보신책이었지만 이젠 그 이상이 되었다. 조정에서는 삼배구고두의 예로 임금을 욕보인 후 조선을 길들이려는 청에게 대적할 방편이 없었다. 더구나 청의 요구로 군대를 파병하여 그토록 섬기던 명을 공격하기까지 했다.

임금 스스로가 강력한 보신책을 필요로 했다. 어좌에 올라 세 번씩이나 도성을 버린 수치스러운 일과 청에게 신하의 예를 갖춘 치욕까지 한 번에 갚아 줄 신령한 천운을 원했다. 임금이 심양에 끌려갈 위기에 놓인 지금이야말로 사진참사검의 기운이 필요한 시기였다.

도검장이 무릎걸음으로 다가와 빈 잔에 또 술을 채웠다.

최 부사가 이 판서 눈치를 보며 술잔을 비우고 도검장에게 내밀었다.

"도검장, 내년 사진일에 쓸 제물은 특별한 것이네. 이 대감께서 십수 년 동안 정성을 들이셨네. 전하께서 취할 검에 감히 이견을 낼 수 있겠나만, 자네가 보검을 대하는 마음이 각별해야 하네. 이젠 모두 자네 손에 달려 있네."

도검장은 최 부사 말 속에 감추어진 무언가가 있음을 알아차렸다.

"대감께서는 제 은인이시옵니다. 미천한 몸이 은혜를 입어 영광이옵니다. 명하시면 무엇이든 따르겠습니다."

도검장에게 주어진 현실 또한 그러했다. 임금께 바치는 검을 제작함에 감히 불충을 품을 수는 없었다. 제물로 무엇을 내어놓든 사진일에 행하는 고사는 오늘보다 특별할 것이다.

이 판서가 청군에게 끌려가는 도검장을 어렵게 찾아온 것도 사진검 제작을 위해서였다. 이 판서는 수년 전부터 일을 맡길 도검장을 찾아 경기도와 강원도로 사람을 보냈다. 비밀리에 일을 진행하려면 비변사나 병조 일을 맡은 풀무간은 피해야 했다. 철을 뽑아낼 규모를 갖추고 있고 검을 제작하는 기술이 뛰어나면서도 글을 알고 식솔이 단출한 장인이어야 했다. 이 판서는 수차례 병장기와 검을 주문하면서 풀무간과 도검장을 지켜본 끝에 결정을 한 일이었다.

자리를 털고 일어나는 이 판서를 보고 도검장이 앞서 나가 신발을 돌려놓았다.

"이놈이 언제부터 여기 있었나?"

이 판서가 기둥에 기대어 졸고 있는 부칠이를 보고 역정을 냈다. 도검장이 당황하여 부칠이를 발로 차서 깨웠다. 밀담이 오갈 건 알았지만 풀무간이 텅 비어 있어서 방문을 활짝 열어 두었던 것이다.

부칠이가 후다닥 일어나며 침을 닦았다. 그러곤 이 판서에게 다가가 절을 올렸다.

"대감님, 저 부칠이입니다. 또 시키실 일이 없으십니까?"

이 판서가 잠꼬대 같은 부칠이 말을 듣고 도검장에게 눈짓을 했다. 지난번 부칠이 편에 보낸 서찰에 대한 답을 묻는 것이었다.

"말씀대로 행하겠습니다."

도검장이 굽실거렸다.

부칠이가 뚜막이를 건넛방에 눕히는 소리가 들렸다. 도검장은 찬 물수건을 목에 둘렀다. 오랜만에 큰 불을 먹어서인지 열기가 가시지 않왔다. 말복이 지났지만 종일 일을 하자면 우물가에서 한바탕 씻어야만 다시 화덕 앞에 앉을 수 있을 만큼 날이 더웠다.

이따금씩 상형로 안에서 불기운에 나무가 갈라지는 소리가 들렸다. 도검장은 풀무간을 물려받은 후 하루도 메를 들지 않은 날이 없었다. 메 소리가 멈춘 건 병자년 청군에게 잡혀갔을 때 이후 오늘이 처음이었다.

상형로에서 뽑아낸 철로 강편을 만들고 접쇠를 하자면 믿을 만한 야장 한 명을 쓰더라도 일손이 부족했다. 이 판서 명대로 여러 개의 검신을 만들어 그중 가장 좋은 것을 골라내 실패가 없도록 해야 했다. 힘 좋은 야장이 꼭 필요하지만 아무나 일에 끼워 넣을 수는 없었다.

'저놈을 어쩔까?'

도검장은 부채를 놓고 장죽을 물었다.

부칠이는 문제 될 게 없었다. 눈치가 빤하고 발이 빠른 놈이라 메를 잡는 것보다는 이 판서댁으로 가는 게 나을 것이다. 도검장이 걱정하는 건 성품이 거친 뚜막이였다. 녹이고 두드리고 담금질을 해도 원하는 모양을 얻기 힘든 철이 있기 마련이다. 도검장은 삐딱하게 엇나가는 뚜막이를 옆에 두고 임금이 지닐 보검을 만지기가 꺼림칙했다. 시정잡배들과 어울리는 뚜막이가 생각 없이 흘린 말이 장터를 떠도는 날에는 풀무간도 도검장도 풍비박산이 날 것이다. 뚜막이는 강다짐으로 누르려 하면 더 큰일을 저지를 놈이었다.

안댁이 우물물을 길어서 가지고 왔다.

"무거운 건 들지 말게."

도검장 말에 안댁은 대꾸도 않고 도검장이 두른 수건을 걷어 내어 시원한 물을 축여 다시 목에 올려 주었다. 도검장은 처자식 복이 없는 사람이었다. 처음 장가를 들어 다섯 해 만에 임신을 한 아내는 출산을 하다가 죽고 아기도 건지지 못했다. 그러다 다시 장가를 들었지만 여자는 친정을 다녀오는 배에서 병을 얻어 꼬박 삼 년을 앓다가 죽었다.

그 이후 살림을 꾸려 나가느라 여러 사람이 들고나긴 했지만 안사람으로 들이지는 않았다. 또 죽어서 나갈까 봐 두려워서였다. 그러다가 작년 가을에 안댁을 얻었는데 고맙게도 반 년 만에 아기가 생겼다. 드러내 놓고 말은 못 했지만 이왕이면 아들이길 바랐다. 조선의 어느 야장도 만들어 본 적이 없는 사진검 제작까지 맡고 보니, 풀무간을 물려줄 아들 생각이 간절했다.

도검장은 건넛방에서 들리는 뚜막이 신음을 떨쳐 내려는 듯 밖을 향해 소리쳤다.

"부칠이 들어오너라."

무릎을 꿇고 앉은 부칠이 얼굴엔 멍이 더 짙어져 있었다.

"여리꾼이 성에 차지 않아 이젠 기방 심부름까지 하느냐?"

부칠이는 깜짝 놀랐다. 도검장은 자신이 산유각에 다녀온 것까지 알고 있었다.

"짐을 싸라. 이 판서댁으로 가거라. 다시 돌아올 필요 없다."

매몰찬 도검장 말에 부칠이는 고개를 푹 꺾고 방에서 나왔다.

부칠이는 화덕 앞에 누웠다. 누이와 함께 있던 이 자리가 부칠이에게는 가장 편안했다. 밤바람이 마당을 설렁설렁 돌며 남아 있는 더위를 식혔다.

'쫓겨나는구나.'

이 판서 명이라고 했지만 부칠이는 도둑 누명을 벗지 못하고 내쳐지는 것만 같았다. 여리꾼을 하고 산유각에 다녀온 것까지, 도검장이 자신을 뚜막이와 같은 취급을 하며 뒤를 캐고 있었다는 게 억울하기만 했다.

이 판서가 시키는 심부름을 하며 돈을 벌고 싶은 마음은 있었지만 돈을 모을 때까지 풀무간을 떠날 생각은 없었다. 행여나 누이 소식이 오지 않을까 하는 마음에서였다. 그건 아무래도 놓을 수 없는 동아줄 같은 것이었다. 부칠이는 떠나기 전에 도검장에게, 아니 안댁에게라도 누이 소식을 챙겨 달라고 부탁해 보리라 다짐했다.

다음 날 부칠이는 종일 도검장을 도왔다. 도검장이 뒷마당에 있는 광을 작업장으로 쓸 수 있게 만드는 중이었다. 다 저녁이 되어서야 봇짐을 꾸렸다. 그런데 장사 밑천으로 모아 온 돈이 사라지고 없었다. 그러고 보니 누워서 꼼짝도 하지 않던 뚜막이가 보이지 않았다. 뒷마당에도 바깥 집에도 뚜막이가 없었다.

부칠이는 풀무간으로 뛰어들었다.

"뚜막이가 사라졌어요. 내 걸 다 집어 갔다고요. 돈도 없고, 삼아 놓은 짚신도 없다니까요."

부칠이는 야장들을 잡고 하소연했다. 도검장이 끙 하며 메를 내려놓았다. 바깥 집에서 사는 최고 야장이 집 안을 확인하려고 후다닥 풀무간을 나갔다.

뚜막이가 가져간 돈은 어르신 눈을 속여 가며 짚신을 삼고 여리꾼 품을 팔아서 꼬박 두 해를 모은 것이었다. 부칠이는 누이와 아비를 생각하며 힘들게 견딘 시간을 몽땅 잃어버렸다.

안댁과 함께 장터로 나가 뚜막이를 수소문해 보았지만 오늘 녀석을 봤다는 사람이 없었다. 이상하게도 나루터 초입에 진을 치고 있던 왈패들까지도 보이지 않았다.

"어르신께 말씀드려 볼게. 도와주실 거다."

안댁은 집으로 돌아가자고 부칠이를 달랬다.

"싫어요. 어르신 도움 받을 생각 없어요. 내가 모은 것과 어르신이 주시는 것이 어떻게 같아요?"

부칠이는 울분에 차서 괜히 안댁에게 화풀이를 했다. 풀무간에 남아 있던 미련이 한순간에 달아났다. 이젠 쫓겨가는 게 아니라 당당히 떠나 버리는 거다.

다음 날 안댁은 재너미로 떠나는 부칠이를 보며 몹시 서운해했다.

"아기 보러 올게요."

"그래. 사내아이가 태어나면 누구처럼 엉덩이를 가볍게 놀리지 말라고 할 거야."

부칠이는 안댁 농담에도 옹이 진 마음이 풀리지 않았다. 안댁에게 누이 소식을 챙겨 달라는 말은 끝내 하지 못했다.

또 다른 반달

만우는 오늘도 아침 공양을 끝내자마자 뒷산으로 갔다. 여름이 지나 건들바람이 불고부터 만우가 할 일은 땔감을 마련하는 것이었다. 서리가 내리기 전까지 한 짐이라도 더 지어야만 절 식구들이 겨울을 따뜻하게 날 수 있었다. 만우는 이번 일만 끝나면 눈이 내리기 전에 산을 내려가 큰스님 눈에 띄지 않는 곳으로 멀리 달아나리라 마음먹었다. 그래서 올 가을엔 다른 해보다 더 열심히 땔감을 해 날랐다.

만우는 무수막 고개에서 부칠이를 만나고 온 날부터 매일같이 바깥 세상을 생각했다. 예불 시간에도 자리에 누워서도 눈만 감으면 무수막과 강나루가 떠올랐다. 숲 속 잡풀들도 서너 개씩은 닮은꼴로 무리지어 있는데 산에는 자신과 동무가 되어 줄 사람이 아무도 없었다. 할매는 답답증이 생긴 만우에게 젊었을 적 보았던 일들을 들려주었지만,

만우는 골백번도 더 들은 이야기에는 더 이상 흥이 나지 않았다.

만우는 왁자한 마을도 좋았지만 끝없이 흘러가는 강이 마음에 들었다. 나루터에서 맞는 아침 강바람은 산사 앞개울과는 비교도 안 되게 시원했다. 만우가 정말 가고 싶은 곳은 바다였다. 뱃사람들이 말하길 바다는 보이지 않는 곳까지 물이 넘실대고 그 속은 첩첩산골 골짜기보다 더 깊다고 했다. 만우는 바다 중에서도 깊고 푸르기로 으뜸이라는 동해로 갈 생각이었다. 할 수만 있다면 바닷가 마을에서 자랐다는 부칠이와 함께였으면 좋겠다는 생각마저 들었다. 무수막 고개에서 우연히 만난 부칠이는 세상 물정을 아주 잘 알고 있는 듯했다. 처음 보고 단번에 정이 들어 버린 데다가 형으로 따라도 좋을 만큼 믿음직했다.

땔감 한 짐을 지고 산을 내려오던 만우는 일주문을 들어서는 사람들을 보았다.

"오늘이었나?"

며칠 내로 최 부사댁 마님이 올 거라는 건 알고 있었다. 만우는 잽싸게 산을 내려가 산방 앞에 지게를 세워 두고 절 마당으로 나갔다. 좀처럼 사람을 볼 수 없는 만우에게는 신나는 구경거리였다. 마님은 큰스님 방에 들었는지 보이지가 않고, 따라온 아낙 두엇이 그늘에 서 있었다. 하인들이 몇 번씩이나 일주문을 들락거리는 걸 보니 가지고 온 시주가 많은 듯했다. 만우는 부려 놓은 짐들을 힐끔거리며 사람들 구경을 했다.

"이놈 떡점아, 오늘은 씻었느냐?"

뒤를 돌아보니 놀랍게도 부칠이가 서 있었다.

재빨리 산방 쪽으로 달아나는 만우 뒤를 부칠이가 쫓아왔다.

"형님을 봤으면 인사를 해야지. 동생 삼아 달라고 조른 놈이 누군데?"

만우는 지게를 벗어 둔 곳까지 가서야 부칠이를 보며 헤벌쭉 웃었다.

"헤에, 형님 잘 지냈수? 보는 눈이 많아서."

"밖에선 큰소리치더니 절에서는 힘도 못 쓰는구나."

"헤에, 속세의 인연이 찾아온 걸 알면 큰스님에게 벌받습니다. 여기선 아무리 날뛰어도 부처님 손바닥 안이지요."

만우는 부칠이가 최 부사댁 마님을 따라온 것이 이상했다.

"더 이상한 건 뭔지 알아? 나리께서 나를 부르시더니, 별당에 있는 처자를 잘 살피라는 거야. 참 희한하지, 그런 거라면 유모를 시킬 일이지. 그런데 그 처자가 바로, 내가 전에 오라버니라고 부르라던……."

만우는 연신 고개를 끄떡이다가 싸리 울타리를 기웃거리는 처자를 보았다. 만우가 주춤 일어섰다.

행이가 물을 길러 온다는 핑계를 대고 부칠이를 따라왔던 것이다. 행랑채에 일꾼이 새로 들어왔다는 것은 알고 있었지만 그 일꾼이 부칠이인 줄은 생각지도 못했다. 행이는 짐꾼들 사이에 있는 부칠이를 알아보고는 놀랍고도 반가웠다.

만우가 합장을 한 뒤에 손을 내밀었다.

"소승이 물을 떠다 드리겠습니다."

행이가 옆구리에 끼고 있던 물동이를 건넸다. 부칠이가 점잔을 떠는 만우 모습에 키득거렸다.

행이가 부칠이에게 물었다.

"어매는 만났어요?"

인사를 건네려던 부칠이는 움찔 놀랐다. 산길을 오르며 앞서가는 행이를 훔쳐볼 때만 해도 걱정이 이만저만 아니었는데 어느새 까맣게 잊고 있었던 것이다.

"그게, 어매를 못 만났어. 그러니까 어매가…… 정양하러 남도로 가셨대."

"남도로요? 어디가 아프신 걸까?"

"아니야, 유람차 가신 거래. 곧 돌아오실걸."

부칠이는 저도 모르게 거짓말을 해 버렸다. 행이는 어매를 못 만났다는 말만으로도 울먹였다.

만우는 호기심 가득한 눈으로 둘을 번갈아 보다가 후다닥 물을 떠왔다.

"산방을 돌아가면 향나무가 있는 곳에 샘이 있고 일주문 못 미쳐 아래로 내려가도 맑은 개울이 나옵니다."

행이는 말없이 물동이를 받아서 절 마당으로 나갔다.

만우는 물동이를 끼고 가는 행이 뒷모습을 물끄러미 지켜보았다. 처음 본 행이가 왠지 눈에 익었다.

"체, 잘 지냈냐고 한마디 해 주면 어때서."

부칠이는 행이를 향해 투덜거렸다.

만우는 잠이 오지 않았다. 법당 마당에 있는 석등을 끄고 들어온 지

한참이 지났지만 머릿속은 더 또렷이 맑아졌다. 낮에 본 최 부사댁 손님 행이 때문이었다. 만우는 생각을 곱씹다가 남자 객이 묵는 방으로 갔다.

"형님, 부칠이 형님."

몇 번을 불러도 방 안에서 기척이 없었다. 하는 수 없이 만우는 어둠을 더듬어 부칠이를 흔들어 깨웠다. 부칠이는 제 집마냥 단잠에 빠져 있었다.

"형님은 호랑이가 물어 가도 모르겠어."

둘은 법당 뒤 구석에 쪼그려 앉았다. 산속 찬 기운이 얇은 옷 속으로 파고들었다.

부칠이가 하품을 하며 만우를 재촉했다.

"뭐가? 뭐가 궁금하다는 거야?"

"낮에 본 그 처자 말이야, 행이라는 처자. 얼굴에 큰 점이 있었어."

양손을 겨드랑이에 찔러 넣고 졸던 부칠이가 만우 머리통을 갈겼다.

"절밥 먹는 놈이 처자에게 눈독을 들여?"

만우는 고개를 흔들었다.

"그게 아니라, 나도 큰 점이 있거든. 그래서 내가 떡점이라고."

"그래서 오밤중에 깨웠어? 이놈아, 네가 떡점이라는 걸 말하려고 깨웠냐고?"

만우는 구시렁대며 방으로 들어가려는 부칠이를 잡아 앉히고 할매에게 듣고 또 들어서 다 외워 버린 이야기를 들려주었다.

둥 둥 둥.

법고 소리가 밤사이 켜켜이 쌓인 어둠을 걷어 냈다. 유모는 박씨 부인을 따라 새벽 예불을 드리러 가고 행이는 속이 불편하다는 옥란 옆에 남았다. 행이는 옥란이 자는 것을 보고 살그머니 방에서 나왔다. 물동이를 챙겨 처소 옆으로 난 길을 따라 개울로 내려갔다. 갓밝이 가을 냉기에 목덜미 가득 오소소 소름이 돋았다. 소세를 하고 머리를 가지런히 빗어 땋아 넘긴 후 물동이를 채웠다. 구석으로 비껴났던 어둠이 사라지며 화려하게 익어 가는 가을이 개울에 담겼다. 행이는 돌 틈 사이로 흐르는 물을 가만히 바라보았다.

'이 물이 남도에까지 갈까. 흘러 흘러 어매가 있는 곳까지 가겠지.'

절 나들이에 부칠이가 따라온 것을 보고 말을 붙일 기회만 엿보았는데, 이젠 부칠이를 안 만난 것만 못하게 되었다. 행이는 물동이를 챙겨 일어났다. 투닥이는 발소리가 나서 보니 부칠이와 스님이 내리막을 뛰어 내려오고 있었다.

"소승이 보여 줄 게 있습니다."

스님이 행이 앞을 가로막았다.

"만우가 너를 봐야 한다기에……. 물을 길러 올 줄 알았어. 이제 이런 건 나에게 시켜."

부칠이가 물독을 빼앗다시피 가져가자, 만우가 행이 앞에서 목에 감은 무명을 풀고는 옷깃을 끌어내렸다. 행이는 갑작스러워서 어쩔 줄 몰랐다.

"잘 좀 보십시오."

"절대로 불순한 뜻이 아니니 한번 살펴봐."

둘은 몹시 서둘렀다. 부칠이도 만우를 거드는 바람에 행이가 살짝 고개를 돌렸다. 휑한 만우 뒷목에 난 검푸른 것이 행이 눈에 확 들어왔다. 오른편 귀 뒤에서 둥그스름하게 돌아가던 점이 뒤통수에 와서는 자른 듯 똑바른 반달 모양이었다.

"어쩜!"

"똑같이 생겼지요? 소승도 어제 놀랐습니다."

큰스님은 뒷덜미에 난 점을 두고 평생 배곯지 않을 떡점이라고 했지만 만우는 살갗을 벗겨 내고 싶을 정도로 점이 싫었다. 그때부터 만우는 머리를 깎지 않으려고 도망을 다녔다. 결국 큰스님에게 잡혀 민둥머리가 되고 나면서부터는 삼복더위에도 무명을 목에 칭칭 감고 다녔다.

부칠이가 바가지 물을 내밀며 얼굴을 비춰 보라고 했다.

"점도 점이지만 둘이 닮았다니까. 내가 장터에서 사람을 많이 봐서 눈썰미 하나는 좋다고."

"소승도 처자와 같은 무진년생, 올해 열두 살입니다."

행이는 홱 돌아서서 언덕을 올랐다. 허둥거리니 자꾸만 치맛자락이 밟혔다. 갑자기 나타나서 이러저러한 말을 하는 스님과 부칠이가 몹시 무례하게 느껴졌다. 행이를 쫓아온 부칠이가 물동이를 건네주었다. 물이 출렁거려 치마가 젖었다.

행이는 아궁이 앞에 앉아 젖은 치맛자락을 펼쳐 놓고 떨리는 숨을 골랐다. 만우 뒷목에 난 점이 눈앞에서 아른거렸다. 참으로 이상한 일이었다.

그러고 보니 어제도 오늘처럼 당황스러운 일이 있었다. 저녁 공양이 있기 전, 행이가 법당에서 부처님을 구경하고 처소로 돌아가던 길이었다.

"아가, 나 좀 보고 가라니까."

허리가 반은 꺾이고 머리가 하얗게 샌 할머니가 지팡이를 휘저으며 오고 있었다. 치아가 빠져 입이 옴팍 들어간 고비늙은 보살이었다.

행이 앞에 선 할머니는 다짜고짜 행이 얼굴에 난 상처를 손으로 쓰다듬었다.

"그렇지러. 맞구만, 맞어. 여태껏 최 부사댁에서 살았누?"

행이는 도망치듯 그 자리를 빠져나왔다. 처소로 들어와 싸리 울타리 너머로 보니 할머니가 아직도 행이를 바라보고 있었다.

박씨 부인과 유모가 예불을 마치고 돌아오는 기척에 행이는 정신을 차렸다. 가마솥에 얼른 물 한 바가지를 붓고 방으로 들어갔다. 옥란은 이른 아침부터 저 혼자 내버려 두고 간 행이에게 골이 나 있었다.

"제가 다리 주물러 드릴게요."

행이는 샐쭉하게 돌아앉은 옥란의 다리를 억지로 펴서 주무르기 시작했다.

비연사 나들이 준비를 할 때 행이를 데리고 가는 일로 또 한 번 소란이 일어났다. 옥란은 뒤늦게 최 부사가 행이를 데려가지 못하게 한다는 사실을 알고 저도 비연사에 가지 않겠노라고 했다. 박씨 부인은 무사히 혼사를 치르는 기도를 하러 가는 것이니 옥란이 마음을 편하게 해 달라고 최 부사에게 매달렸다. 두 모녀가 닷새 가까이 조른 끝에 행이를 데리고 올 수 있었다.

행이는 법당에도 가 보고 싶고 절마당에도 가 보고 싶었지만, 만우나 할머니와 마주치는 게 겁이 나 방 안에서 꼼짝도 하지 않았다.

다음 날 저녁상을 내어 주던 행이는 얼른 방으로 들어왔다. 부칠이가 저녁상을 가지러 와서는 방문 앞을 얼쩡거리며 자꾸만 눈짓을 보냈던 것이다.

"어라, 요놈 좀 보게. 네놈이 종일 드나드는 이유가 따로 있었구나."

유모가 부칠이에게 핀잔을 놓았다.

"제가 비연사까지 왜 따라왔게요? 저는 제 일을 하고 있는 거라고요."

"예끼, 이놈아, 가서 내일 떠날 채비나 해 둬."

행이는 쫓겨가는 부칠이 뒷모습을 말없이 쳐다보았다.

비연사에서 사흘 밤이 지났다. 아침 공양을 마친 뒤 다들 돌아갈 채비를 했다. 행이는 살그머니 법당 안을 들여다보았다. 말간 해가 사방에 창살 무늬를 그려 놓았다. 박씨 부인과 옥란이 앉은 자리를 지나 목불이 있는 자리에까지 햇살 자락이 걸렸다. 할머니와 만우는 어둑한 곳에 그림자처럼 앉아 있었다. 바람이 들어오는지 촛불이 사그라질 듯 흔들렸다. 행이는 무언가가 자신을 저렇게 흔들어 놓을 것만 같아 두려웠다.

모두가 빠져나간 법당에서 할머니가 지팡이를 찾아서 나왔다. 행이가 앞으로 나서자 할머니가 기다렸다는 듯 손짓을 했다.

"내, 찾아올 줄 알았지러. 만우가 떡점을 가진 처자가 절에 왔다고 할 때부터 다 알았지러."

행이는 할머니를 따라 산방으로 갔다. 산방에는 만우와 부칠이가 기다리고 있었다. 할머니는 해가 드는 산방 평상에 지팡이를 내려놓고 가쁜 숨을 내쉬었다. 셋은 나란히 할머니 옆에 앉았다. 한참이나 숨을 고른 할머니가 이야기를 들려주었다.

"나는 무진년까지 산파 노릇을 했지."

마을 끝자락, 낡은 초가집엔 산파가 혼자 살았다. 봄기운이 산란하게 흔들리는 새벽, 산파가 방문을 열어젖히는 소리에 어둠을 밀고 들어오는 안개 속에서 까마귀가 날아올랐다.

사립문 밖에 가마 한 채가 섰다. 만삭 아낙이 배를 부여잡고 방으로 들어갔다. 가마꾼은 돌아갔지만 아낙을 데리고 온 남자는 사립문에 붙어 섰고, 또 다른 여자가 부엌 아궁이 앞에 남았다.

"새겨듣게. 내일 진시(辰時, 오전 7시~9시)에 아기가 나와야 하네."

먹빛 옷을 입은 남자가 야윈 산파 어깨를 흔들었다. 남자가 움직일 때면 허리에 찬 칼이 철컹거렸다. 산파가 아기 아비를 물어도 아낙은 답을 하지 않았다.

초저녁부터 산통이 시작되었다. 사방이 어둠에 쌓이고 자시(子時, 밤 11시~오전 1시)가 넘어섰다. 가마솥에 물이 졸아들어 붓기를 여러 번 했다. 산모 신음이 문밖으로 나갈 때마다 칼 찬 남자는 '내일 해가 뜰 때'라고 윽박질렀다.

'목숨 줄이 칼로 될 일이여?'

산파는 겁을 먹은 아낙을 안심시켰다.

아낙이 밤새 몸을 틀며 신음을 했지만 새벽이 가까워서도 아기가 밑으로 내려오지 않았다. 보다 못한 남자가 산파를 밀쳐 내고 아낙의 배를 아래로 쓸어 냈다. 아낙이 기절할 듯 소리를 질렀다.

희뿌연 빛 사이로 새가 요란스레 울어 댔다. 진시가 시작되었다.

'삼신 할매요, 비나이다. 성심껏 비나이다.'

산파는 아낙의 둥근 배를 쓰다듬었다. 산파 목숨이 아기에게 달려 있었다.

창이 환하게 밝자 거짓말처럼 아기가 나왔다. 계집아이는 여리게 울었다. 땀에 젖은 아낙은 혼절한 듯 눈을 뜨지 못했다. 남자는 해가 있는 위치를 가늠해 보고는 아주 흡족해하며 가마꾼들을 다시 데려왔다. 밤새 아궁이 앞에서 기다리던 여자가 아기를 데리고 가마를 타고 떠나자 칼 찬 남자가 산파에게 다짐을 받았다.

"여기에선 아무 일도 없었네. 다녀간 이도 없었어."

산파는 아무 대답도 하지 않았다. 그저 피를 많이 쏟은 산모가 걱정이었다.

"집도 주인도 바싹 말랐군. 외진 곳이라 불이 나도 모르겠어."

남자가 떠나고 한 식경이 못 되어 아낙이 다시 산통을 했다. 첫 번째와 달리 울음이 우렁찬 아들이었다. 아낙은 아기에게 젖도 물려 보지 못하고 눈을 감았다. 산파는 아기 울음이 밖으로 새어 나갈까 봐 안절부절못하며 밤을 새웠다.

다음 날 산파는 해가 뜨기 전에 집을 나섰다. 남아 있는 장작을 방 안에 넣고 제 손으로 불을 질렀다. 산파가 고개를 넘기 전에 지붕에 불길이 올랐다. 산파는 잠든 아기를 안고 진달래가 한창인 봄 산 깊이 들어갔다.

"그 산파가 이젠 폭삭 늙어 버렸으이."

할머니는 먼 산을 보며 눈을 끔벅였다.

"그때 뭔 정신으로 산을 탔는지 몰라. 그래도 딱 하나 기억나는 건 계집애를 넘겨주기 전에 얼굴 반쪽이 시커먼 것을 봤지러. 나중에 만우를 받아 놓고서야 그게 점이었다는 걸 알았지. 얼굴에 이렇게 큰 점이 박혀 있기가 어디 그리 흔한 일이야."

"할머니, 계집아이를, 아니 행이를 데려간 사람이 누구예요?"

부칠이가 물었다.

"그건 나도 몰라. 난 만우를 안고 절로 들어온 것밖에 몰라."

"할매, 처자와 제가 정말 닮았어요?"

할머니는 행이와 만우 손을 하나씩 잡고 얼굴 가득 주름을 잡아 가며 웃었다.

"암, 요 눈매를 봐라. 시작은 동그스름하고 끝은 가느다란 게 똑같고, 입은 꾹 다물어도 웃고 있는 것마냥 끝이 올라가 있어서 오목한 버들잎같이 생기지 않았누."

행이가 오른편 뺨에 난 점을 손가락으로 따라 그려 보았다. 소름이 돋았다. 저를 닮은 쌍둥이 동생이 있다는 것도, 둘을 낳고서 죽은 어매 이야기도 행이에게는 낯설어서 무섭기만 했다. 행이와 눈이 마주친 만우가 쑥스러운 듯 뒤통수를 손으로 쓸었다. 만우도 행이처럼 점을 쓸어 대는 버릇이 있었다.

할머니가 만우 등을 토닥였다.

"인연이 닿으려고 만우가 일찌감치 큰스님에게 잡혀 와서 머리를 깎고 기다렸구먼."

그때 멀리서 유모가 행이를 찾는 소리가 들렸다. 눈치 빠른 부칠이가 냉큼 뛰어나갔다.

할머니가 눈을 감고 염주를 돌렸다.

"아가, 조심해. 너를 데리고 가던 그날을 생각하면 아직도 무섭증이 일어."

집으로 돌아가는 길은 산을 오를 때보다 단출했다. 시주를 넉넉히 받은 절 식구들이 일주문 밖에까지 나와 인사를 했다. 박씨 부인 일행은 길잡이를 따라 아랫마을로 걸었다.

행이는 부처님 앞에 엎드려 울고 싶은 마음을 꾹꾹 누른 채 옥란을 따랐다.

'만우라고? 쌍둥이 동생, 만우. 누가 나를 데리고 갔을까? 난 왜 최부사댁에 왔을까?'

태어나서 어머니 아버지를 불러 본 적도 없지만 동생은 생각지도 못했다.

절 아랫마을에서 박씨 부인과 옥란은 기다리고 있던 사인교에 올랐다. 마을을 지나고 추수를 기다리는 누런 논을 지났다.

길잡이와 함께 앞서 걷던 부칠이가 걸음을 늦추어 행이 옆으로 와

속삭였다.

"뒤를 봐."

방금 일행이 내려온 고갯마루에 만우가 서 있었다. 행이는 눈물이 왈칵 쏟아졌다. 참아 보려고 했지만 한번 터진 울음이 좀처럼 멈춰지지 않았다. 박씨 부인이 탄 사인교를 따라 걷던 유모가 다가와 옆구리를 찔렀다.

"지극정성 기도 끝에 웬 눈물 바람이냐? 혼쭐나기 전에 그쳐."

행이는 들썩이는 저고리 앞섶을 다독여 마음을 진정시켰다. 만우는 멀찍이 떨어져 일행을 따라왔다. 눈물 때문에 만우 모습이 흐릿했다. 행이는 그만 돌아가라고 손을 흔들었다. 행이가 돌아볼 때마다 만우는 합장으로 답을 했다.

"저럴 땐 떡점이가 아니라 의젓한 스님이네."

부칠이는 세차게 코를 풀고는 앞으로 뛰어갔다.

제물로 태어난 아이

밤사이 우물 안에 얼음이 끼었다. 부칠이는 가장자리에 덮인 얼음을 두레박으로 깨어냈다. 물을 퍼 올릴 때마다 얼음이 따라 올라왔다. 얼음 조각 하나를 와작 베어 먹고 어둑한 아침 하늘을 올려다보았다.

“눈 오겠다. 길이 미끄럽겠는걸.”

부칠이는 행랑채에 물을 길어 놓고 곧장 별당 아궁이로 갔다. 어젯밤에 지펴 놓은 장작불이 사위어 가고 있었다. 비연사에 다녀오고부터는 별당 아궁이에 불을 넣는 것도 부칠이 몫이 되었다.

최 부사는 사나흘에 한 번씩 행이 안부를 물어왔지만 부칠이가 아침저녁으로 별당에 드나들어도 행이를 볼 수 있는 날이 많지 않았다. 늦가을까지만 해도 잎이 떨어지는 목련 아래에 앉아 있던 행이는 날이 추워지면서부터 방에서 나오지 않았다. 이 판서도 이따금씩 부칠이를 불러 최 부사댁 식구들 안부를 물었다. 혼사가 명년으로 다가와 사돈이 될 댁에 마음을 쓰는 듯했다. 그리고 행이에 대해서도 궁금해했다.

"옥란이 말동무로 있는 아이는 어떠냐?"

"행이는 조용합니다. 그림자처럼 아가씨를 모시고 있는 조신한 아이입니다."

며느리가 될 옥란을 따라올 행이 됨됨이까지도 신경을 쓰는 이 판서는 부칠이가 하직 인사를 할 때면 꼭 은전 몇 닢을 주었다.

"네 눈과 귀와 입이 나를 대신해 주어서 고맙다."

부칠이는 이 판서에게 여간 황송한 게 아니었다. 어른에게, 그것도 조정에서 큰 벼슬을 한다는 대감님에게 고맙다는 인사를 들은 것이다. 그저 풀무간과 최 부사댁, 이 판서댁을 오가며 말을 전하는 심부름을 하는 것뿐인데도 꼭 돈을 집어 주며 배를 곯지 말고 국밥을 사 먹으라고 하였다.

부칠이는 그 마음 씀씀이에 콧등이 시큰해질 때도 있었다. 그래서 이 판서가 궁금해하는 것이면 무엇이든지 정성껏 알아보았다. 할 말이 없을 때면 행이가 글을 읽고 쓸 만큼 영특하다거나, 겨울엔 풀무간 식구가 늘 거라는 사소한 것들을 아뢰어도 이 판서는 귀담아들어 주었다. 부칠이는 이렇듯 훌륭한 성품을 지닌 이 판서를 만난 것을 천운으로 생각했다. 심부름 값으로 받은 돈을 모으는 재미도 쏠쏠했다.

부칠이는 옥란이 거처하는 방과 행이와 유모가 함께 쓰는 건넛방 아궁이에 장작을 넉넉히 넣어 두고 별당을 나왔다. 오늘은 오랜만에 풀무간으로 심부름을 가는 날이었다. 부칠이는 아껴 둔 누빔 저고리를 꺼내 입었다. 김 서방이 작년까지 입었다는 저고리는 소매 끝이 닳긴 했지만 엉덩이가 푹 덮이는 데다가 양손을 반대편 소매 안으로 깊숙이 찔러 넣을 수 있을 만큼 품이 넉넉했다.

행이는 만우가 입을 겨울옷을 만든다고 했다. 만우 것을 만들고 나면 부칠이 것도 지어 주겠노라고 했지만 아직까지 소식이 없었다.

"해 넘기기 전엔 얻어 입기 글렀다."

부칠이는 별당 쪽을 힐끗 쳐다보고는 무명으로 얼굴을 단단히 감싸고 집을 나섰다.

무수막 고개엔 오가는 사람들이 없었다. 장날이 아닌 데다가 강이 얼기 시작하면서 배로 오가는 사람들 발길이 끊겼다. 금방 발이 시려 왔다. 부칠이는 서둘러 걸으며 성큼성큼 길을 베어 먹듯이 고개를 오르던 만우 생각을 했다.

입동을 앞두고 만우가 박씨 부인을 찾아온 적이 있었다. 추수 후에 보내 준 시주를 잘 받았다는 큰스님 인사가 담긴 서찰을 전하기 위해서였다. 볼일이 끝난 만우가 행랑채로 부칠이를 찾아왔다. 만우가 행랑채에 온 이유는 뻔했다.

"네놈이 날 보고 싶어 왔겠냐?"

부칠이는 만우를 놀려 주고 잽싸게 별당으로 뛰어갔다. 무작정 행이를 불러낼 수 없어서 이런저런 꾀를 짜 보았지만 뾰족한 방법이 없었다. 그러는 사이에 유모가 문을 열고 나왔다.

부칠이는 행여나 행이가 보이지 않을까 해서 고개를 빼고 안을 기웃거렸다.

유모가 마당으로 나와 야단을 쳤다.

"요놈이? 언제부터 훔쳐보고 있었냐? 별당에 아예 붙박이로 살 생각이구나."

머리를 쥐어박힌 부칠이는 유모에게 사실대로 말할 수밖에 없었다.

"절에서 행이를 찾는 손님이 왔습니다."

"절이라면 비연사? 그럼 행이 쌍둥이 동생이라는 스님이 와 있단 말이냐?"

부칠이는 기분이 확 상했다. 유모가 만우와 행이에 대해 알아서 좋을 게 없었다.

유모는 부리나케 방으로 들어가더니 행이 손을 끌고 나왔다.

행랑방으로 들어간 유모는 쭈뼛거리는 행이에게 들어오라고 재촉했다.

"옳지, 내 눈이 옳아. 지난봄에 스님을 한눈에 알아보지 않았겠수? 닮았다, 닮았다 했지. 행이와 쌍둥이인 줄은 꿈에도 몰랐네. 참 요상하고 신기하네. 이런 일이 또 있을라구."

만우가 안부를 물어도 행이는 고개를 푹 숙인 채 옷고름만 만지작거렸다.

"이번 가을에 절에서 나오려고 했는데 누이를 만나서 마음이 안 잡혀요. 누이를 두고 훌쩍 떠날 수가 없어요. 그래도 일단 마을로 내려오고 싶어요."

행이는 누이라는 말이 생소하면서도 정답게 들렸다.

"하이고, 뭔 스님이 요렇게 단단하게 생겼을까? 절밥 먹기는 아까운 인물이네."

"스님 하기 싫어서 절에서 나온다고 하잖아요. 아가씨에겐 뭐라고 하고 왔어요? 그만 나가요."

부칠이는 언제까지고 죽치고 앉아 있을 것 같은 유모를 끌고 방을 나왔다. 남매끼리 나누고 싶은 이야기가 있을 터였다. 흥이 떨어진 유모가 치마를 털며 안채로 가 버렸다.

"수다쟁이에다 눈치도 없어. 어째 음전한 아가씨 옆에 붙어 있을까?"

부칠이는 유모 뒤꽁무니에 대고 투덜거렸다.

잠시 후 만우는 해가 지기 전에 가야 한다며 서둘러 떠났다.

"어쩌자고 유모에게 다 말했어?"

행이는 울었는지 코를 훌쩍거렸다.

"비연사에서 돌아올 때 눈치를 챘어. 유모가 수다스럽긴 해도 함부로 웃전에 말하지는 않아."

부칠이에게는 별로 믿기지 않는 말이었다.

"동생이 생기니까 어때? 좋지?"

행이가 빙긋이 웃었다.

"피붙이가 있을 거라고는……, 아무리 생각해도 믿기지 않아."

"누이든 동생이든 식구가 있다는 건 좋은 거야. 음, 너도 이젠 만우 생각이 많이 날 거야. 좋을 때도 힘들 때도 만우가 가장 먼저 생각날 거야. 아마 그럴 거야."

부칠이는 더 이상 어매는 기다리지 말라는 말을 꿀꺽 삼켰다. 시간이 아주 많이 지난 후에 행이에게 어매의 죽음을 알릴 생각이었다.

말이 끊겨 어색해진 부칠이 입에서 생각지도 않은 말이 나왔다.

"내년에 나도 이 판서댁으로 갈지 몰라. 대감마님이 아가씨를 따라올 너를 챙기는 걸 보면 틀림없이 나도 그리로 불러들이실 거야. 나더러 너를 잘 돌보라고 하셨거든."

부칠이는 속마음을 들키지 않으려 했지만 배시시 웃음이 나오는 건 어쩔 수 없었다.

행이는 만우를 만나서 얼떨떨한지, 부칠이 말을 듣는 둥 마는 둥 하고는 별당으로 건너가 버렸다.

"체, 답답한 별당이 뭐가 좋다고."

부칠이는 행이 뒷모습을 눈에 가득 담았다.

동안거(冬安居)가 시작되기 전에 마을로 내려오겠다던 만우는 아직 소식이 없었다. 닷새 후면 동안거가 시작되는 음력 시월 보름이었다. 눈이 쌓이기 시작하면 산에서 겨울을 나야 할 것이다. 아무래도 만우가 큰스님에게 잡혀 산에서 내려오는 시기를 놓친 것 같았다.

내리막길로 들어서자 바람이 더 매섭게 불었다. 겨울 무수막 고개는 강을 타고 올라오는 칼바람으로 유명했다. 꽁꽁 감싼 무명 사이로 드러난 볼이 찢어질 듯 아려 왔다. 발가락엔 이미 감각이 없었다.

부칠이가 막 풀무간 대문에 들어섰을 때 흰 눈이 조금씩 날리기 시작했다. 부칠이는 화덕 앞으로 가 언 발을 불 속에 넣을 듯 들이밀었다. 손과 발을 녹이고 돌아앉아 등에도 불을 쬐었다.

작업장으로 쓰는 뒷마당 광에 쳐진 거적을 걷으니 후끈한 열기가 느껴졌다. 아무도 출입을 못 하게 했지만 이 판서댁 심부름을 하는 부칠이에게는 허락된 곳이었다. 매서운 날씨에도 화덕 옆에 앉아 있는 도검장 이마에는 땀이 흘렀다. 도검장이 집게로 잡은 철을 덩치 큰 일꾼이 내리쳐서 길게 늘이고 있었고, 야장은 벌겋게 달구어진 장철을 작은 메로 자근자근 달래고 있었다. 야장이 다듬는 철은 얼추 검 모양을 갖추고 있었다. 한쪽에는 접쇠를 마치고 메질을 기다리는 막대철도 여러 개였다.

"추운 날 왔구나. 고개 넘느라고 고생했다."

야장이 콧등에 맺힌 땀을 닦으며 부칠이에게 아는 체를 했다.

부칠이가 도검장에게 인사를 하자 일꾼이 돌아보았다.

"왔어? 오랜만이야."

"어? 너? 뚜막이 너?"

부칠이 눈이 휘둥그레졌다.

분명 뚜막이었다. 땅딸막했던 녀석이 반 년 만에 키가 훌쩍 커서 훤칠해져 있었다. 떡 벌어진 어깨 아래로 큰 메를 잡은 팔뚝에 힘줄이 불뚝 솟아날 만큼 건장한 사내가 되어 있었다.

씩 웃는 뚜막이를 보고 부칠이는 얼굴이 벌겋게 달아올랐다.

도검장은 야장이 내민 장철을 눈높이로 들어 수평을 가늠했다. 검날이 되기 전의 철은 투박한 장철에 불과했다. 도검장은 철을 모루에 올려놓고 뒤집어 가며 수차례 두드린 후, 다시 눈높이로 들어 보고는 마땅찮아 하며 화덕에 집어넣었다.

"위로 갈수록 굽었어. 길이를 늘이지 않으면서 반대편으로 잡아당겨야지."

도검장이 야장에게 일러 주고 자리를 털고 일어났다.

부칠이가 뚜막이에게 주먹을 쥐어 보이고 도검장을 따라 안집으로 들어갔다.

"부사 나리는 평안하시냐?"

부칠이는 뚜막이에 대한 분한 마음을 들키지 않으려고 숨을 골랐다.

"네. 어르신도, 풀무간 식구들도 안녕하셨습니까?"

"그래, 모두들 잘 있다. 뚜막이도 돌아와서 제 몫을 하고 있다."

뿌듯함이 묻어나는 도검장 말투에 부칠이는 말문이 막혔다.

뚜막이가 돌아와도 더 이상 집에 들이지 않을 것이라는 도검장 말은 헛것이 되어 있었다. 뚜막이가 어떻게 용서를 빌었기에 도검장 표정이 이렇게 너그러울 수 있는지 의아했다.

"허허, 추운데 고개를 넘느라 용을 썼나 보구나. 우선 요기부터 해라."

부칠이는 뚜막이 생각을 떨쳐 내고 정신을 차렸다.

"아닙니다. 이 대감 나리와 최 부사 나리께서 일이 되어 가는 것을 직접 보고 싶다고 합니다. 어르신께서 택일을 하면 이리로 오시겠답니다. 그리고 앞으로 드는 비용도 소상히 알아 오라고 하셨습니다."

부칠이는 안집에서 나와 다시 상형로 옆 작업장 거적을 들췄다. 뚜막이는 없고 야장만 불기운을 돋우고 있었다.

"뚜막이 찾아? 너를 보고 벌써 어디로 숨었지. 그놈, 상강이 지나고 한밤중에 거지꼴을 하고 왔어. 좋은 것도 한 시절이지. 먹을 것 떨어지고 추우니까 망나니로 놀아도 별수 있어? 제집으로 찾아드는 수밖에. 시키는 일이면 무엇이든지 하겠다고 싹싹 빌었어. 지금은 일을 아주 열심히 배우고 있어. 너도 조금 전에 봤지? 뚜막이 힘쓰는 거. 이젠 거뜬히 어른 한 사람 몫을 한다니까."

야장도 뚜막이에게 마음이 풀어져 있었다.

부칠이는 기분이 상해 더 듣고 싶지 않았다. 어차피 뚜막이와 둘이서 해결할 문제였다. 풀무간과 안집, 좀처럼 발걸음을 하지 않는 바깥집까지 들여다봐도 뚜막이가 없었다. 부칠이를 보고 어딘가로 숨어 버린 게 틀림없었다.

부칠이는 다시 마당 화덕 앞에 앉았다.

도검장이 빨리 답을 주지 않았다. 앞으로 드는 비용을 계산하는 것인지, 이 판서와 최 부사를 풀무간으로 부를 날을 가늠하는 것인지 알 수 없었다. 요기를 하러 가자는 야장 말을 들은 체도 않고 풀무간을 나왔다.

썰렁한 장마당에는 매운바람이 굵어진 눈발을 몰아대고 있었다. 주막에 들러 볼까 하다가 나루터로 발길을 돌렸다. 이런 날은 주막에도 손님이 없을 터였다. 나루터가 가까워 올수록 바람이 사나워져서 눈발이 얼굴을 찔렀다. 강은 얼었고 배들은 얼음에 박혔다. 부칠이는 강을 따라 올라갔다. 얼어 있는 모래톱을 자근자근 밟으며 뚜막이에 대한 분노와 도검장에 대한 배신감을 꾹 눌렀다.

'아무렴, 거지꼴을 하고 돌아온 놈이 벌을 받았으면 얼마나 받았겠어? 아무리 망나니라도 피붙이인걸.'

우울한 기분을 털어 내려다 몸이 꽁꽁 얼 지경이었다.

풀무간으로 되돌아가던 부칠이는 뭍으로 끌어올려 놓은 나룻배들 사이에서 붉은 천이 휘날리는 것을 보았다. 붉은 천을 휘감고 눈을 흠뻑 뒤집어쓰고 있는 꾸러미는 제법 덩치가 컸다. 부칠이는 혹시나 배에서 떨어진 짐이 아닐까, 하는 생각에 바람에 날리는 천을 확 잡아챘다. 쑥 딸려 오는 천 아래로 사람 얼굴이 드러났다. 부칠이는 놀라 뒤로 나동그라져 버렸다. 치마를 뒤집어쓰고 있던 여자는 죽은 지 여러 날이 지난 듯 허옇게 얼어 있었다. 호기심을 이기지 못하고 슬금슬금 다가가 보았다. 그 여자는 지난봄 재너미 개울에서 본 대갓댁 작은 마님이었다.

'결국, 결국 죽었구나, 죽어 버렸구나.'

부칠이는 장마당으로 달아났다. 붉은 천이 금방이라도 발목을 잡아챌 것만 같았다. 추위라면 지긋지긋했을 작은 마님은 죽을 때조차도 삭풍을 피하지 못했다. 작은 마님을 차가운 모래톱에 남겨 놓고 오는 부칠이 뺨 위로 눈인지도 모를 물기가 어렸다.

부칠이는 화덕 앞에 털썩 주저앉았다. 추워서인지 무서워서인지 몸이 떨려 도저히 서 있을 수가 없었다. 자꾸만 얼어 죽은 작은 마님 얼굴이 떠올랐다. 험한 날씨에 나루터로 나가는 게 아니었는데…….

도검장이 옷을 차려입고 마당으로 나왔다.

"나리께 직접 여쭈어 볼 것도 있으니 이참에 함께 가자. 눈발이 더 거세어지면 고개 넘기 힘드니 서둘러라."

뚜막이도 떠날 채비를 하고 있었다. 쥐새끼처럼 피해 다니던 놈까지 따라나설 모양이었다.

안댁이 부칠이를 반기며 부엌으로 데리고 갔다. 산달이 가까워진 안댁은 부른 배를 한 손으로 받치고 김이 나는 숭늉을 사발 가득 떠서 부칠이에게 주었다. 부칠이는 숭늉을 후후 불어 가며 마셨다. 뜨거운 것이 들어가니 한결 몸이 풀렸다.

"아기는요?"

"이제 곧. 얼마 남지 않았어."

부칠이는 안댁에게 그릇을 돌려주며 뚜막이 쪽으로 눈짓을 했다.

"저 녀석, 어르신 신임을 단단히 얻었나 봐요."

"뚜막이도 철이 들었어. 고생을 해서인지 예전처럼 불뚝대지 않아."

안댁이 목소리를 낮춰 덧붙였다.

"이제는 아버지, 어머니라고도 불러."

"아!"

부칠이는 뚜막이 속셈을 알아차렸다. 상대방의 약한 곳을 건드려서 환심을 사려는 것이 예나 지금이나 똑같았다. 부칠이가 그랬듯이 도검장과 안댁은 뚜막이에게 제대로 속고 있었다.

부칠이는 설피를 단단히 맸다. 눈은 그치지 않고 내렸다. 어느새 발이 빠질 만큼 눈이 쌓였다.

"맑은 날 오셔도 되는데. 그러다 오늘 안으로 못 돌아오시면 어쩌시려고."

부칠이는 뚜막이가 함께 가는 것도 못마땅했다. 도검장 앞에서 되지도 않은 얌전을 빼는 뚜막이 꼴에 욕지기가 나왔다.

다행히 차츰 눈이 그치면서 최 부사댁에 도착했을 때엔 하늘이 말갛게 드러났다.

도검장은 김 서방을 따라 사랑채로 들어갔다. 부칠이가 불기가 남아 있는 아궁이에 장작을 밀어 넣고 방으로 들어가자 뚜막이도 슬그머니 따라 들어왔다.

부칠이가 뚜막이를 노려보았다. 도둑놈이 뭐라고 변명을 하는지 두고 볼 작정이었다.

"훔친 거 떨어지니까 들어왔냐?"

뚜막이는 멀거니 허공을 올려다보았다. 면목이 없어 눈길을 피하는 것이 아니라 그저 무심하게 쳐다보고는 그만이었다.

"밑천 바닥나고 배고프니까 거지새끼처럼 기어 들어왔지?"

부칠이는 꼬일 대로 꼬여 있었다.

"대답해. 내 거 훔쳐다가 배부르게 먹었냐고?"

부칠이가 달려들어 뚜막이 멱살을 잡고 흔들었다. 뚜막이는 부칠이 손을 뿌리쳤다.

"무슨 상관이야? 알 거 없잖아. 어르신이 내치지 않는 한 풀무간은 내 집이야."

뚜막이가 풀썩 주저앉는 부칠이를 보고 이죽거렸다.

"네놈이 안 보이니 속이 다 후련하더라. 고작 은전 몇 닢, 열흘 밥값도 못 되더라. 괜히 손만 더럽혔어."

부칠이는 와락 덤벼들어 뚜막이를 꺼꾸러뜨리고 그 위에 올라탔다.

"고작? 그래, 고작 그것밖에 못 모은 손에 한번 맞아 봐라."

부칠이가 뚜막이 얼굴에 주먹을 먹이자 뚜막이도 지지 않고 받아쳤다. 둘은 서로 엉켜 뒹굴며 주먹질을 했다.

갑자기 방문이 벌컥 열렸다.

"뭔 짓이야? 손님하고 싸움이나 하고, 쯧쯧쯧. 나리가 찾으셔. 어서 나와."

김 서방이 소리를 질렀다.

부칠이가 마지못해 뚜막이 멱살을 놓았다.

"흥, 네놈 속을 모를 줄 알고? 쨰마리 같은 놈."

부칠이는 밖으로 나와 눈을 가득 퍼서 얼굴을 문질렀다. 맞은 곳이 쓰렸다.

"몸 녹였으면 사랑채 눈이나 치우지, 싸움질은."

김 서방이 뒤에서 구시렁거렸다.

부칠이는 최 부사 명으로 별당에 갔다. 별당 마당엔 소복이 쌓인 눈 사이로 길 하나가 나 있었다.

"아가씨, 나리께서 행이를 찾으십니다."

부칠이는 냅다 소리를 질렀다. 방문을 열고 박씨 부인이 내다보는 바람에 부칠이는 깜짝 놀라 고개를 푹 숙였다. 부칠이가 싸리비를 가지러 다녀온 사이에 볼일이 끝났는지 행이가 사랑채에서 나왔다. 부칠이는 터진 얼굴을 보이고 싶지 않아서 돌아서서 눈을 쓸었다.

부칠이는 문득 유모가 자신을 행이와 엮어 놀려 대던 말이 생각났다. 최 부사가 도검장이 있는 자리에 행이를 부른 것도 이상했다. 부칠이는 사랑채를 돌아가 뒷방문에 귀를 대었다. 최 부사가 앉은 자리와 가까워 말소리가 잘 들리는 곳이었다. 겨울에는 덧문을 대어 놓아 그림자가 비칠 염려도 없었다.

"무슨 말씀입니까? 제물이라니요."

도검장 목소리였다.

"자네가 묻지 않았나? 이 대감이 내년 고사를 위해 준비해 둔 게 무엇이냐고."

한동안 말소리가 끊겼다가 다시 이어졌다.

"그러니까, 무엇이 제물인지……."

"예로부터 하늘에 지내는 제사에는 살아 있는 깨끗한 것을 제물로 삼지 않았나? 전하를 위한 일에 이쯤은 해야 되지 않겠나! 명년 사진일엔 우리가 제물에게 큰절을 해야 할 걸세."

"아니, 그럼, 사람을? 아까 그 처자를? 이게 무슨……. 제 평생 검을 다루었지만 이런 적은 없, 없었습니다."

도검장 목소리가 부들부들 떨렸다.

놀란 부칠이가 문에 더 바짝 붙었다.

"도검장이 다룬 검들 중 이 나라 주인을 위한 보검이 있었나? 이건 사진참사검이네. 저 아이는 어쩌다 주운 것이 아니라 처음부터 사진검을 위해 태어나고 길러졌네."

"그, 그럴 수는 없습니다. 검은 그렇게 만드는 것이 아닙니다."

"사진검은 그렇게 만드는 것이네. 전하께서 보위에 오르시고부터 이 대감께서 철저하게 계획하신 일이야."

최 부사 목소리가 단호했다.

부칠이는 저도 모르게 주먹을 불끈 쥐었다. 보지 않아도 희번덕거릴 최 부사 눈빛이 그려졌다.

"부사 나리, 보검의 기운은 하늘과 땅과 자연 만물이 주는 것입니다. 다시 생각하십시오."

도검장이 호소했다.

부칠이는 갑자기 딸꾹질이 나오는 바람에 입을 틀어막았다. 바람에 날린 눈이 처마 밑 마루에도 소복이 쌓이고 있었다.

"아직도 모르겠나? 이 대감께서 청군에게 머리를 조아리면서까지 한갓 도검장을 돌려받은 이유를 잘 생각해 보게. 곧 자식도 보게 된다지? 지켜야 할 목숨이 더 늘어나겠군."

부칠이는 마당으로 달아나 딸꾹질이 나는 입속으로 눈을 마구 쑤셔 넣었다.

'행이가 뭐라고? 검을 만드는 데 바치는 제물이라고?'

믿기 어려웠지만 방금 제 귀로 생생히 들은 말이었다.

부칠이는 머리가 울리기 시작했다. 모루가 들어앉은 것마냥 큰 메와 작은 메가 머릿속을 두들겨 댔다. 하늘을 올려다보던 부칠이는 그대로 드러누웠다. 눈이 부칠이를 향해 쏟아졌다. 하늘이 점점 내려앉아 부칠이를 짓눌렀다.

"이놈, 무슨 짓이냐?"

최 부사가 부칠이를 내려다보고 있었다. 멀리 달아난 줄 알았던 부칠이는 여전히 사랑채 마당에 있었다.

내일 가라는 김 서방의 만류에도 도검장은 길을 나섰다. 눈발이 거세지고 있었다. 김 서방이 급히 도롱이를 찾아내었다.

"쏟아부을 기세네. 이거라도 쓰고 가게."

재너미 초입까지 따라온 부칠이가 도검장에게 인사를 했다.

"살펴 가십시오."

"이곳이 좋으냐? 풀무간으로 돌아올 생각은 없는 것이냐?"

도검장 말투에 노기가 가득했다.

부칠이는 큰 잘못이라도 한 것마냥 고개를 들지 못했다.

뚜막이가 부칠이를 비웃었다.

"너 따위가 뭘 알아? 다시 배신할 놈."

부칠이가 뚜막이 뒤에다 대고 중얼거렸다.

부칠이는 행랑채에 틀어박혔다. 저녁도 거른 채 이불을 덮어쓰고 누웠다. 몸이 으슬으슬 떨리더니 열이 나기 시작했다. 그사이 눈은 그치지 않고 내렸다. 어르신이 무사히 고개를 넘었을지 걱정이 되었다.

부칠이는 정신을 차리고 그동안 자신이 보고 들은 것들을 끼워 맞춰 보았다. 상형로에 불을 넣던 날, 최 부사가 이 판서에게 굽실거리던 것과 누군가 사진일 사주를 가지고 있다고 했던 말이 생각났다. 또 검을 기다리는 자를 상이라고 했다. 上? 부칠이는 불현듯 지난봄 뚜막이가 화덕에 던져 넣었던 보따리 속 서찰이 생각났다. 이 판서댁에서 부칠이를 잡아 가두며 찾으려던 서찰이었다. 까맣게 잊고 있던 글자들이었다.

'아, 임금을 위한 검이구나. 비연사 할머니가 말했어. 진시에 태어나는 아기를 원했다고. 그래, 행이였어, 십이 년 전 무진년하고도 사진일에 태어나 사진참사검 제물이 되는 아이가 행이였어.'

그동안의 일들이 아귀가 맞아떨어졌다. 이 판서가 부칠이에게 행이 안부를 묻는 이유가 있었다. 부칠이에게 준 은전은 명년 사진일까지 행이를 지키고 감시하는 대가였다. 사진일에 일이 무사히 끝나면 이 판서와 최 부사가 사돈이 되는 것이다. 아무것도 모르는 행이는 혼례를 치르는 옥란과 함께 이 판서댁으로 가는 것으로 알고 있었다.

부칠이가 흐려지는 생각을 붙잡았다. 행이를 지켜야 했다. 방법을 찾아야 했다. 누이를 빼앗길 때처럼 힘없이 당하고 있지는 않을 것이다. 이 판서와 최 부사는 행이와 쌍둥이로 태어난 만우의 존재를 모르고 있었다. 만우에게 알려야 했다. 믿고 의논할 사람은 만우뿐이었다.

'사진일이 언제일까?'

밤하늘이 훤했다. 눈은 밤새 내릴 기세였다. 부칠이는 지끈거리는 이마를 무명으로 동여매고 싸리비를 챙겨 별당으로 갔다. 문 앞에서부터 눈을 쓸어 나갔다. 길이 조금씩 넓어지면서 양쪽 목련 아래로 눈 언덕이 생겨났다.

부칠이는 행이가 제 것이라던 목련을 손으로 쓸어 보았다. 나무 아래 앉아 있던 행이와 추위를 피해 화덕 앞에 옹송그려 앉아 있던 누이 얼굴이 겹쳐졌다. 아니, 이젠 누이 얼굴이 잘 생각나지 않았다. 부칠이는 제 앞날도 모르고 있을 행이가 안쓰럽고 불쌍했다. 행이가 있는 방에 장작을 더 집어넣고 별당을 나왔다.

사랑채로 가던 부칠이는 싸리비를 던져 버렸다. 장터에서 손님을 상대하면서 사람을 볼 줄 안다고 자신했지만 오늘 모든 것이 무너져 버렸다. 따뜻한 말을 해 주던 이 판서도, 속내를 그대로 내보이던 최 부사도 믿을 수 없었다. 망나니처럼 굴던 뚜막이를 받아 준 도검장도 이해할 수 없었다.

'돈에 눈이 멀어서 그동안 무슨 짓을 한 거야?'

부칠이는 머리를 싸쥐고 주저앉았다. 행이를 제물로 바치는 일을 돕고 있었다는 사실이 괴로워 견딜 수가 없었다.

겨울, 나비를 품고

"참말이지? 아직 달거리는 하지 않은 거지?"

같은 말을 몇 번이나 묻는 유모에게 행이는 불안스레 고개를 끄떡였다.

유모는 벌러덩 누워 이불을 감아 안았다.

"이상하네. 대감 나리께서 왜 물으셨을까?"

눈알을 이리저리 굴리던 유모가 갑자기 벌떡 일어나 앉았다.

"옳지, 너도 짝을 지어서 보내려는 게지."

그러더니 갑자기 달려들어 행이 가슴을 더듬었다. 놀란 행이는 소리도 못 지르고 이불을 끌어다 덮어썼다.

"하이고, 아직 아기 가슴이네."

할 일을 끝낸 유모가 촛불을 끄고 자리에 눕자 행이는 유모를 피해 돌아누웠다. 말 만들기 좋아하는 유모 말이니 무시하면 그만이었다. 잠도 달아나 버리고 부엉이 소리만 점점 크게 들렸다. 겨울이 되기 전에 절에서 나온다던 만우는 소식이 없었다. 재너미에 들를 새도 없이 멀리 떠나 버린 건 아닌지 걱정이 되었다.

'저잣거리 떡점이보다 비연사 만우 스님이 좋은데.'

행이는 어둠을 더듬어 시렁을 올려다보았다. 만우에게 주려고 지은 누비옷이 보따리에 싸여 주인을 기다리고 있었다.

유모가 면포 덮인 바구니를 들고 왔다. 유모 옷자락에 묻어 온 냉기가 문가에 앉은 행이 얼굴에 와 닿았다.

"아가씨, 이거라도 좀 드세요."

행이는 바구니에 담긴 유과 하나를 옥란이 손에 쥐어 주었다.

옥란은 오늘 아침도 국에만 서너 번 수저질을 했을 뿐, 그대로 상을 물렸다. 안채에서는 매일 색다른 찬을 만들어 내어 왔지만 옥란이 밥그릇을 비운 날은 거의 없었다.

"눈이 오네요."

유모가 콧물을 닦고 바느질감을 집어 들었다.

옥란이 방문을 열어젖혔다. 눈이 내리고 있었다. 큰 눈덩이가 목련 봉오리마냥 탐스러웠다.

"첫눈이 참 소담스럽다. 농부들은 눈이 많이 오면 풍년이 든다고 좋아한다지?"

"아무렴요. 날이 매울수록 벌레들이 잘 죽으니까요. 별당에서 보는 눈도 올해로 마지막이구나. 참말로 푸지게도 내리네."

주먹만 한 눈이 금세 마당을 덮고 사방으로 뻗은 목련 가지에도 촘촘히 내려앉았다.

"마당의 눈은 치우지 말라고 해. 내일 나가 볼 테야."

행이가 비어 있는 유과 바구니를 보고 눈 구경에 정신이 뺏긴 유모에게 손짓을 했다.

"하이고, 아가씨, 이건 입에 맞으시나 봐요?"

유모가 손뼉까지 쳐 가며 기뻐했다.

"눈을 보니 배가 고파."

행이는 재빨리 빈 유과 바구니를 들고 안채로 뛰어갔다. 무엇보다 좋은 소식이었다. 박씨 부인이 직접 부엌에 나와 이른 점심상을 지시하는 것을 보고 행이는 행랑채로 갔다.

행이가 부칠이를 찾자 김 서방이 대답했다.

"일찌감치 무수막에 갔다. 왜 찾느냐?"

"별당에 길 하나만 내어 주세요. 아가씨께서 마당의 눈은 치우지 말라고 하셨어요."

행이는 부칠이에게 만우 소식을 물어볼 참이었다.

김 서방이 별당에 길을 내어 주고 가는 사이에도 눈이 쌓이고 있었다. 행이는 험한 날씨에 무수막 고개를 넘었을 부칠이에게 마음이 쓰였다.

점심상이 들어왔다. 옥란은 유모가 반찬을 놔주는 대로 잘 먹었다. 박씨 부인은 연신 "옳지, 옳지." 하며 옥란을 대견하게 바라보았다.

"마님, 눈이 보배네요. 아가씨가 오늘처럼만 드신다면 매일 눈이 와도 상관없겠어요."

유모가 박씨 부인과 옥란의 기분을 맞추려고 애썼다.

옥란은 겨울에 들어서면서부터 눈에 띄게 달라졌다. 새침하게 굴어도 하고 싶은 말은 다 하는 성미였는데, 절에 다녀온 후로는 부쩍 말수가 줄어들고 예전처럼 괜한 꼬투리를 잡아 행이를 다그치는 일도 하지 않았다. 유모는 비연사 부처님 가피를 입어 심성이 어질어진 거라고 했지만, 행이 눈에는 옥란이 모든 것이 탐탁지 않아 심드렁하게 구는 것으로 보였다. 행이는 그런 옥란이 언제 또다시 성깔을 부릴지 안심할 수 없었다.

유모는 상을 내다 주고 가락을 흥얼거리며 들어왔다. 별당 식구 모두가 기분이 좋은 것도 오랜만이었다.

잠시 후 박씨 부인이 머리에 눈을 하얗게 얹고 다시 왔다.

"옷감을 내어놓게."

행이가 유모보다 먼저 일어나 방 한편에 놓아둔 옷감을 들고 왔다. 옥란이 설빔을 고르는 것을 미루어서 닷새 가까이 구석에 밀쳐 두었던 것이었다.

"어미가 지어 주는 설빔도 이번이 마지막이니 네 마음에 드는 것으로 골라라."

유모가 색색가지 화려한 옷감들을 펼쳐 놓자 옥란이 마지못해 하나를 집어 들었다. 행이도 슬그머니 다가가 눈여겨봐 둔 치잣빛 옷감을 끌어당겼다. 그 위에 연분홍 비단을 살짝 대어 보았다.

'이렇게 치마저고리를 하고.'

행이는 설빔을 지어 입고 산유각으로 가고 싶었다.

'장옷은 감색으로 하고, 속에 털을 넣을 토시는 자색이 좋겠어. 새하얀 명주에 노란 산수유꽃을 수놓아 목에 두르면 저고리와 잘 어울리겠지?'

멀찍이 있는 명주를 무릎 위로 끌어다 놓은 행이는 사인교에서 내려 치마를 살짝 치켜들고 산유각 대문을 들어서는 자신의 모습을 그려 보았다. 어매와 언니들이 행이를 맞으러 버선발로 나올 것이다.

"행이야, 얘가 또 멍하니!"

유모가 옷감을 움켜쥐고 있는 행이 손등을 찰싹 때렸다. 박씨 부인이 행이 앞에 있던 옷감을 옥란이 앞에 들어 보였다. 행이가 골라 놓았던 것들이 하나씩 옥란의 몫으로 챙겨졌다.

박씨 부인이 차고 있던 노리개를 풀어 냈다.

"혼례를 치르고 나면 이 노리개를 해라. 너에게 물려주려고 아껴 둔 것이다."

흰 명주 위에 올려놓은 노리개는 꽃잎 모양 떳돈 아래 옥으로 깎은 나비가 달려 있었다. 금으로 된 몸체와 산호와 공작석으로 장식된 날개가 옥빛과 어우러져 더없이 화려했다. 국화매듭과 장고매듭, 도래매듭 아래 푸른색 낙지발술을 단 노리개에서 기품이 흘렀다.

유모가 후다닥 다가섰지만 노리개에는 차마 손을 대지 못했다.

"네 외조모님께서 물려주신 것이다. 나비는 부부간의 정을 뜻한다고 하셨지. 또 비연사 큰스님은 이 노리개에 윤회(輪廻)가 담겨 있다고 하셨다. 좋은 기운이 있는 것임에는 틀림없으니 꼭 몸에 지니도록 해라."

박씨 부인 말을 듣기나 하는 것인지 노리개를 바라보는 옥란의 눈빛에는 초점이 없었다.

잠시 후 부칠이 목소리가 들렸다.

"아가씨, 나리께서 행이를 찾으십니다."

박씨 부인이 밖을 내다보았다.

"부칠아, 사랑채에 온 손님이 누구냐?"

"무수막에서 도검장이 왔습니다."

"네가 있었다는 그 풀무간 말이냐?"

"네, 마님."

박씨 부인이 행이를 불안하게 쳐다보았다. 최 부사가 손님이 있는 자리에 행이를 부르기는 처음이었다.

사랑채로 간 행이는 최 부사가 시키는 대로 손님에게 절만 하고 물러났다. 만우 소식을 물어보려 했지만 부칠이는 자신을 본 체도 하지 않고 눈만 쓸었다.

"나리가 뭐라고 하시든?"

궁금한 것은 참지 못하는 유모가 사랑채에 다녀온 행이에게 물었다.

"아무 말씀도 없으셨어요."

"아가씨, 틀림없어요. 부칠이와 행이를 짝지어 주시려는 게."

행이는 깜짝 놀랐다.

"행이와 부칠이를?"

옥란도 놀라긴 마찬가지였다. 행이가 울상이 되어 손을 저었다.

"아니긴? 풀무간에서 사람이 왔다면서? 나리께 부칠이를 맡아 달라고 하려는 게지."

"어림없는 소리! 나리는 그럴 뜻이 없으시다."

박씨 부인이 유모 말에 쐐기를 박았다.

행이는 혼례 준비를 하는 옥란을 보면서도 자신이 누구와 짝을 이룬다는 건 꿈꾸어 보지 않았다. 문득, 마당을 쓰는 부칠이 얼굴이 많이 상해 있었던 것이 떠올랐다.

행이는 아침에 방문을 열자마자 깜짝 놀랐다. 지난밤까지도 소복하던 눈이 말끔히 치워져 있었다.

'어쩌지? 치우지 말라고 했는데?'

유모가 더운 소세 물을 들고 별당으로 들어왔다.

"누구 짓일꼬? 눈 치운 손모가지가 부러지게 생겼다."

유모가 수근대는 말에 옥란이 문을 열었다. 옥란은 목련 아래에 수북이 쌓인 눈 언덕을 보고 세차게 방문을 닫았다.

"어느 놈이 부지런을 떨었을꼬. 아가씨, 제가 김 서방에게 물어보고 오겠습니다."

"필요 없어."

"네?"

방문을 닫을 때의 기세는 어디로 갔는지 옥란은 기운이 다 빠진 듯 스르르 자리에 누웠다.

"하이고, 겨우 밥맛이 돌아왔나 싶었는데. 가만, 요 손모가지를."

부리나케 나간 유모가 잠시 후 부칠이를 끌고 왔다.

"아가씨! 아가씨! 시키지도 않은 일을 한 손모가지 찾았습니다."

안절부절못하며 뒤따라오던 김 서방이 부칠이를 쥐어박았다.

"이놈아, 내가 분명히 사랑채 눈을 치우라고 했는데 사랑채엔 손도 안 대고, 귓구멍이 막혔냐? 오밤중에 그 많은 눈을 다 치우고 앓아누우면 누가 좋아한다고?"

"듣기 싫어. 다들 나가라고 해."

옥란이 역정을 냈다. 행이는 옥란의 이불을 다독여 주고 방문을 닫았다.

"사실대로 말해 봐. 눈 치우느라고 병났냐? 마음이 애달아서 병났냐?"

유모가 요리조리 살피며 놀려 댔지만 부칠이는 끝내 한마디도 하지 않았다.

김 서방이 부칠이를 데리고 나가자 유모가 키득키득 웃었다.

"봤지? 부칠이 하는 꼴. 너를 제대로 쳐다보지도 못한다. 장가 들 생각하니 부끄러운지 얼굴이 벌겋게 달아올랐다."

"유모는 무슨 그런 말을? 눈 치우느라 고뿔 든 사람한테."

"하이고, 편드는 거 좀 보게."

유모 말을 무시하긴 했지만 행이 눈에도 부칠이가 이상해 보이기는 했다.

잠결이었다. 동지가 지나고 날이 더 추워지더니 저녁마다 바람이 세차게 불었다. 새해가 며칠 남지 않은 밤, 바람에 문풍지가 질기게 울어대는 가운데 여린 흐느낌이 섞여 들었다. 행이가 방문을 살짝 열었다.

옥란이 마루에 앉아 무릎에 얼굴을 묻고 있었다. 얇은 속치마 차림 그대로였다.

깜짝 놀란 행이는 유모가 깨지 않게 조용히 방문을 닫고 나왔다.

"아가씨, 이러시면 병나세요."

행이는 넋을 놓고 앉아 있는 옥란을 억지로 일으켜 방으로 데리고 들어왔다. 이불을 끌어다 옥란에게 덮어 주고 얼음장 같은 손발을 주물러 주었다.

행이가 잠을 설치는 옥란을 처음 본 건 비연사에 다녀온 다음 날이었다. 안팎으로 혼례 준비가 바빠지면서 옥란은 새벽에 깨어 있는 일이 잦아졌다.

"고뿔에 들면 어쩌려고 그러세요?"

"행이야, 혼례를 이 판서댁에서 하기로 했다지? 왜 그렇게 정하셨을까?"

"그거야, 이 대감님 뜻이 그러하시니. 임금님께서 심양에 계시는 세자 저하 걱정으로 상심이 크신데 신하 된 도리로 어찌 자식 혼례를 크게 치를 수 있겠느냐고. 나랏일을 하시는 분이니 충분히 그럴 만하지요."

사실, 이 판서댁에서 간소하게 혼례를 치르자고 한 것은 최 부사가 꺼낸 말이었다. 이 판서는 최 부사 의견을 흔쾌히 받아들였다. 이로써 혼례를 치르고 신랑 집으로 가는 신행도 자연히 생략되게 생겼다. 박씨 부인이 가장 서운해했지만 따를 수밖에 없는 일이었다.

"행이야, 그곳에서 살 수 있을까?"

"저와 유모가 있는데 무슨 걱정이세요? 또 인품이 좋기로 소문이 자자한 댁이잖아요."

옥란이 깊은 한숨을 내쉬었다.

"내일 부칠이를 불러와. 지난번에 눈을 치운 벌은 받아야지."

행이는 다리를 주무르던 손을 슬그머니 거두었다.

'어쩐지, 아가씨가 그냥 넘어갈 리 없지.'

다음 날, 유모가 안채에서 설빔을 들고 와서 옥란에게 입어 보라고 재촉을 했다. 새로 지은 설빔에 박씨 부인이 준 노리개까지 단 옥란은 봄날 물기를 머금은 꽃처럼 함초롬했다.

"마님이 얼마나 흡족해하실까! 내일 당장 꽃가마에 올라도 되겠네."

유모가 그대로 입고 안채로 가 보자고 졸랐지만 옥란은 옷을 훌훌 벗어 버렸다.

행이가 옥란이 밀쳐놓은 설빔을 살살 쓸어 가며 개었다. 매끈하게 둥글린 앞섶이며 없는 듯 자연스러운 등솔기 바느질 솜씨가 산유각 침모만큼이나 좋았다. 행이는 치마끈에 매달린 노리개를 풀어 문으로 들어오는 햇빛에 비춰 보았다. 나비 그림자가 분홍 치마 위에 아른거렸다.

산유각 어매에게도 노리개가 많았다. 어매도 행이를 만나면 아끼는 노리개 하나쯤은 선뜻 내어 줄 것이다. 그러나 여기는 산유각이 아니었다. 행이를 위한 것은 하나도 없었다.

행이는 옥란을 돌아다보았다. 옥란은 서책을 펼쳐 놓았지만 생각은 다른 곳에 머문 듯 넋을 놓고 있었다. 나비 날개를 만지작거리던 행이가 슬그머니 돌아앉았다. 술을 말아 쥔 노리개를 재빨리 치맛말기에 찔러 넣었다. 묵직한 차가움이 가슴에 와 닿았다.

아궁이에 장작을 넣은 부칠이가 옥란이 방으로 들어왔다. 며칠을 앓아서인지 얼굴빛이 어두웠다.

"이 판서댁 막내 도련님을 만나야겠어. 방법을 찾아봐."

부칠이는 놀라 고개를 번쩍 들었다.

"아가씨! 제가 어찌 그런 일을 할 수 있겠습니까? 저는 그저 심부름이나 하는 놈입니다."

"이 판서댁으로도 심부름을 간다지? 방법이 있을 거야."

"아무리 그래도 도련님을 뵙지는 못합니다."

부칠이가 옥란의 눈길을 피하며 쩔쩔맸다. 고개를 숙이고 눈을 치켜뜬 옥란이 모습이 최 부사와 꼭 닮았다.

"네가 못 하겠다면 행이를 시킬 테야."

눈이 휘둥그레진 부칠이가 행이를 보았다. 까다롭고 매섭게 구는 옥란을 처음 본 것이다.

행이는 부칠이를 향해 보일 듯 말 듯 고개를 저으며 입꼬리를 올렸다. 트집을 잡아 벌을 주려고 옥란이 심통을 부리는 것이니 신경 쓰지 말라는 뜻이었다.

부칠이는 별당 마당을 쓸며 곰곰이 생각해 보았다.

'아가씨가 이 도령에 대해 알고서 그러는 걸까?'

사실 부칠이는 옥란과 혼인할 이 판서댁 막내 도령을 본 적이 있었다. 풀무간에서 봇짐을 싸서 이 판서댁 심부름꾼으로 간 날이었다. 이 판서를 만나러 왔다는 부칠이 말에 하인은 대기하고 있는 손님이 사랑채 두 방에 가득 찼다고 했다. 뜨거운 8월 햇살이 꺾일 때까지도 부칠이 차례가 오지 않았다. 부칠이는 그늘에 앉아 메고 온 봇짐을 끌어안고 졸았다.

얼마나 지났을까? 부칠이 귀에 무언가 땅을 쓸며 다가오는 소리가 들렸다. 고개를 돌리고 보니 귀티 나게 차려입은 도령이 활과 화살집을 메고 휘청거리며 걸어왔다. 발을 뗄 때마다 넘어질 듯 몸이 한쪽으로 심하게 기울어져서 풀 먹인 도포 자락이 땅에 쓸렸다.

마침 이 판서가 방에서 나오는 바람에 부칠이는 엉거주춤 일어났다. 이 판서가 먼저 사랑채를 나가고 도령도 천천히 문턱을 넘어갔다.

"막내 도련님 활터에 가시는 거야."

하인이 부칠이 등을 치며 냉큼 이 판서를 따라가라고 했다. 이 판서가 탄 말 꽁무니를 쫓아가던 부칠이는 넘어질 듯 아슬아슬하게 걷는 도령을 다시 보았다. 뒤를 따르는 하인이 오히려 한가해 보일 지경이었다.

부칠이는 얼마 남지 않은 혼사를 앞두고 옥란이 이 도령을 보고 싶어 하는 이유가 궁금했다.

행이가 건넛방 시렁 위에 올려 둔 보따리를 내렸다. 만우를 위해 만들어 둔 옷을 꺼내어서 부칠이 뒤를 따라갔다.

행이는 마당을 쓰는 부칠이에게 조심스럽게 다가가 말을 걸었다.

"춥지?"

부칠이는 돌아보지도 않고 묵묵히 비질만 했다. 거칠게 쓸어내는 눈이 행이 발 앞에서 포르르 날렸다. 며칠째 행이를 본 체도 않는 부칠이었다.

"어매는 진작에 돌아왔을 거야. 한 번만 더 산유각에 다녀와 줘. 만우는 비연사에 있겠지? 소식도 없이 멀리 간 건 아니겠지?"

"네 걱정이나 해. 어매 걱정, 만우 걱정, 그런 게 다 무슨 소용이야?"

부칠이가 버럭 소리를 지르는 바람에 행이는 깜짝 놀랐다. 어처구니없는 명을 내린 옥란이 때문에 부칠이 기분이 좋을 리 없었다.

"아가씨 말은 신경 쓰지 않아도 돼. 지금은 화가 나서 저러지만 며칠 후면 아가씨도 잊어버릴 거야. 이거 입어. 만우 것은 명년 겨울에 다시 지을 거야."

행이는 부칠이에게 저고리를 내밀었다.

"유모 오기 전에 어서!"

행이는 눈시울이 붉어지는 부칠이를 보았다.

"명년 겨울은 무슨……."

부칠이가 고개를 저었다. 저고리를 입지 않겠다는 건지, 별일 아니라는 것인지 고개만 저어 댔다. 행이도 콧등이 시큰해졌다.

목련 아래에서 행이는 저고리를 들고, 부칠이는 싸리비를 들고 잔설이 남아 있는 땅을 바라보았다. 새가 날아갔는지 목련에서 후드득 눈이 떨어졌다.

부칠이가 저고리를 받아 들자 행이가 말했다.

"이다음에 무명 좀 구해다 줘. 두둑하게 누벼서 다음 겨울에 만우에게 줄 거야."

"내가 무슨 수로 무명을 구해? 오늘 하루만 입을 거야."

부칠이는 콧물을 훌쩍이고는 저고리를 입었다. 저고리는 잘 맞았다.

행이는 새 옷을 입은 부칠이 등을 토닥여 주고 싶었다. "오라버니." 하고 처음으로 소리 내어 불러 보고 싶었다.

날씨가 점점 눅지는가 싶더니 어느새 솜털이 난 목련 봉오리가 뾰족이 올라왔다. 그사이 부칠이는 또 한 번 옥란에게 불려 갔다.

"안 하겠다는 거야? 못 하겠다는 거야?"

옥란이 다그치자 그제야 부칠이는 옥란의 말이 진심이었다는 것을 알았다. 행이 말만 믿고 그동안 까맣게 잊고 있었던 일이었다.

"아가씨 죄송합니다. 도련님께 무작정 이리로 오시라고 할 수는 없잖습니까? 그렇다고 아가씨께서 그 댁으로 가시는 것은 더더욱 안 될 말입니다. 날도 풀렸으니 방법을 찾아보겠습니다. 조금만 더 시간을 주십시오."

옥란이 입술을 자근자근 깨물다가 부칠이를 내보냈다.

부칠이는 행이가 제물이 된다는 사실을 안 이후에도 두 번 더 이 판서에게 불려 갔다. 여느 날과 다름없이 이 판서가 은전을 챙겨 주었지만 부칠이는 선뜻 받지 못했다.

"왜 그러느냐? 이젠 이 돈이 적다는 게냐?"

부칠이는 힘없는 여린 목숨을 제물로 바치는 일을 돕는 심부름 따위는 하지 않겠노라고 말하고 싶었지만 용기가 없었다.

"아닙니다. 그저, 하찮은 일에 값을 너무 많이 쳐주시는 게 아닌가 하여서……. 염치가 없습니다. 이젠 돈을 받지 않겠습니다."

"누가 이 일을 하찮다고 하더냐? 내가 중요하다면 중요한 일."

평소 느긋하던 이 판서의 말에 날이 섰다. 부칠이는 내키지 않았지만 은전을 챙겨 나왔다.

그날 부칠이는 최 부사댁으로 돌아오는 내내 주머니 속에서 흔들리는 은전에 화가 치밀어 올랐다. 발길에 차이는 돌멩이 같은 하찮은 존재가 임금을 위해 일하는 이 판서와 최 부사를 이길 수는 없었다.

입춘이 지나고 드디어 기다리던 만우가 찾아왔다. 부칠이는 마음이 급했지만 우선 만우와 행이를 만나게 해 주었다.

"말도 마. 행랑채는 지금 부지깽이 손도 빌릴 지경이야. 나 이러고 있는 거 알면 또 쥐어 터질 거다. 이젠 이 집 종처럼 마구 부린다니까."

부칠이는 행이를 광 뒤로 난 구석으로 데리고 가면서 투덜거렸다. 만우에게 행이 일을 털어놓아야 하는 긴장감을 조금이라도 떨쳐 내고 싶어서였다.

만우는 키가 한 뼘이나 커져 있었다.

"그동안 큰스님을 따라 강원도에 가 있었어. 어찌나 눈이 많이 오는지 절 밖에 나가는 건 엄두도 못 내. 이틀만 눈이 와도 키를 훌쩍 넘어서 뒷간 출입도 못 할 정도야."

행이는 더 활기차고 건강해진 만우를 보니 안심이 되었다.

만우가 바랑을 내려 보자기를 끌렀다. 보자기 속에서 찰떡이 나왔다.

"이 귀한 것을."

"누이 주려고 할매를 졸랐어."

만우가 행이 손에 찰떡 하나를 올려놓았다. 부칠이는 조금 굳은 떡

두어 개를 연거푸 집어 먹고는 저고리를 벗었다.

"한 번만 입고 벗으려고 했는데 이렇게 때가 타도록 입었네. 바느질이 형편없어. 사람들이 발로 지었냐고 놀릴 정도야."

행이는 부칠이에게 눈을 흘겼다. 저고리를 입은 만우는 몹시 좋아했다.

"날 풀릴 때까지 한참은 더 입겠어. 그런데 이번 봄에 큰스님이 강원도 절로 옮겨 가셔. 내 코를 꿰어서라도 데리고 가신다는데."

"멀리 가면 못 볼 텐데."

행이 목소리에 서운함이 묻어났다.

"안 갈 거야. 누이가 하라는 대로 할 거야."

만우는 쑥스러운지 뒷목을 쓸었다. 행이도 부끄러웠지만 기분은 좋았다. 만우가 절을 나와서 거처도 없이 사는 것은 싫지만 가까이 지내고 싶은 건 사실이었다.

"안 돼, 강원도로 가면 절대 안 돼. 넌 나하고 할 일이 있어."

잠자코 있던 부칠이가 무겁게 입을 떼었다.

"뭔데? 장삿거리 마련했어?"

"그렇게 좋아할 일이 아니야."

"뭐든 상관없어. 내달에 오면 의논하자."

부칠이가 발끈하며 벌떡 일어났다.

"내달이면 늦어. 행이는 여기 없어."

"아니야, 아가씨 혼례는 입하가 지나서야."

입하는 내달이 아니라 내달하고도 다음 달이었다. 행이가 날짜를 따지는 사이, 부칠이가 만우를 잡아끌어 뒤꼍을 돌아 나갔다.

행이를 놓치다

부칠이는 별당을 기웃거렸다. 새들만 봄볕을 물어다 나를 뿐 인기척이 없다. 혼례일이 내달로 다가오면서 부칠이도 별당 출입을 못 하게 되었다. 사흘 전에도 담 너머를 기웃거리다가 김 서방에게 걸려 혼이 났다.

"무슨 일이 그리 많아? 별도 좋은데 나와 있지 않고?"

유난히 높은 별당 담 때문에 까치발을 한 다리에 쥐가 날 지경이었다. 부칠이는 담에 바짝 붙어 섰다.

"뭘 보냐?"

갑자기 부칠이 머리채가 통째로 뽑혀 나갈 듯 뒤로 젖혀졌다. 유모였다.

"아, 아구메, 이것 좀 놓고, 아파요."

부칠이가 머리통을 싸쥐고 맥없이 끌려갔다.

"뭘 훔쳐봐? 마님께 끌려가야만 정신 차릴래?"

"훔쳐본 거 아녜요. 행이한테 할 말이 있어서요."

유모가 들고 있던 바가지로 부칠이 머리를 내리쳤다.

"이놈이, 행이 떠난 걸 뻔히 알면서 어디서 거짓말이야?"

"떠나요? 행이가요? 어딜요?"

"조금 전에 대문 앞에 사인교가 온 거 못 봤냐? 흥, 지가 무슨 아가씨라도 된 것마냥 척 올라앉는 꼴이라니. 나리께서 김 서방까지 딸려 보냈다니까."

"사인교요? 행이가 사인교를 타고 갔다고요?"

부칠이가 놀라 되물었다. 조금 전 김 서방이 부리나케 나가는 걸 보긴 했다.

"그렇다니까. 기방 어매가 사인교를 보냈다니까."

"산유각 어매요? 그럴 리가 없는데."

유모가 또 바가지를 쳐들자 부칠이가 잽싸게 피했다.

"아, 이놈이? 뭐가 그럴 리가 없어? 내 두 눈으로 똑똑히 봤는데. 나리께서 어찌나 서두르는지, 교꾼들이 행이를 보쌈하듯 태우고 갔어. 너하고 짝지어 보내기 전에 어매에게 보내 주는 걸 보면 나리께서 크게 마음 쓰시는 거야. 하이고, 그나저나 아가씨 허락도 없이 가서 나만 혼나게 생겼네."

부칠이는 떠들어 대는 유모를 남겨 두고 대문을 향해 뛰었다.

'어매가 어디 있다고.'

돌아가신 산유각 어매가 무슨 수로 사인교를 보낸단 말인가. 최 부사가 서둘러 행이를 내보냈다는 것도 수상했다. 부칠이는 곧장 무수막 고개로 달렸다. 숨이 턱까지 차도록 쉬지 않고 오르막길을 올라서 아래를 내려다보니, 사인교가 나무들 사이로 나타났다 사라졌다 하는 게 보였다. 사인교는 내리막을 거의 다 내려간 듯했다.

부칠이는 쏜살같이 내달렸다. 장날 아침이어서 무수막 장터로 가는 사람들이 많았다. 부칠이는 길을 버려 두고 잡목이 우거진 나무 사이를 빠져나가다가 그만 돌부리에 걸려 넘어졌다. 몇 번을 굴러 겨우 나무를 잡고 멈추었지만 온몸이 흙투성이가 되었다. 바지가 찢어지고 종아리에선 피가 났다.

우시장 삼거리부터 판을 벌여 놓은 장사꾼들로 북적였다. 간신히 사람들을 뚫고 장마당까지 왔을 때였다. 아무래도 이상했다. 이렇게 복잡한 길을 사람도 아닌 큰 사인교가 빨리 지나가기란 힘들었다. 그러나 산유각으로 가는 길은 장마당을 지나는 길밖에 없었다. 부칠이는 장꾼들을 붙잡고 물었다. 모두들 사인교가 지나가는 것을 보지 못했다고 했다. 사인교는 장마당까지 오지 않은 것이 분명했다.

부칠이는 장터를 거슬러 삼거리로 되짚어 가며 사인교가 머물 만한 곳을 살폈다. 포목전에도 주막에도 사인교가 없었다. 우시장으로 가는 갈림길까지 와서야 사인교를 본 사람을 만날 수 있었다. 당산나무 아래에서 다리쉼을 하는 노인이었다.

"저리로 올라가는 거 봤지. 어찌나 급하게 가던지 안에 탄 마님이 어지럽겠더라."

부칠이는 노인이 가리키는 우시장으로 달렸다. 우시장이 가까워 올수록 소 울음이 점점 더 거세졌다. 끌고 가려는 몰이꾼과 앙버티는 소가 길에서 실랑이를 했다. 이 길도 사인교가 빠르게 빠져나가지는 못했을 것이다. 우시장을 지나자 숨이 차서 더 이상 달릴 수가 없었다. 다친 종아리까지 쑤셨다.

'도대체 행이를 어디로 데리고 간 거지?'

우시장 끝 산모퉁이를 돌아가면 백정들이 모여 사는 외촌이었다. 실개울에서 노는 아이들도 사인교를 보지 못했다고 고개를 저었다. 외촌을 지나면 그 뒤로는 길도 나지 않은 산이었다.

'행이를 잃어버렸어.'

부칠이는 그 자리에 드러누웠다. 풀이 돋기 시작한 땅에선 진한 흙냄새가 올라왔다.

사진일이면 아직 닷새나 더 남아 있었다. 부칠이는 만우와 함께 행이를 구할 계획을 짜 두었다. 사진일이 임박해서 행이가 사라진다면 찾지 못할 가능성이 컸다. 부칠이는 사진일이 되기 이틀 전 밤에 행이를 데리고 만우가 있는 절에 숨기로 했다. 절 뒷산에는 스님들이 하안거(夏安居)에만 기거하는 암자가 따로 있었다. 그곳에서 사진일이 지나기를 기다렸다가 강원도 절로 옮겨 가는 큰스님을 따라 떠나기만 하면 되는 것이었다. 사진일만 지나면 이 판서와 최 부사에게 행이는 더 이상 필요 없는 존재였다.

진작 이 사실을 알려야 했지만 부칠이는 행이가 충격을 받아 일을 그르치기라도 할까 봐 오늘까지 미루고 있었다. 그러나 이젠 너무 늦어 버렸다. 최 부사가 이렇게 빨리 행이를 감추리라고는 생각하지 못했다. 부칠이는 생각이 짧았던 것을 후회했다.

외촌 너머 숲정이에서 새들이 요란하게 울었다. 마냥 이러고 있을 수는 없었다. 부칠이는 벌떡 일어났다.

"어? 어쩌다? 꼴이 왜 그래?"

안댁이 바지가 찢어지고 온몸에 검불을 붙여 온 부칠이를 보고 눈살을 찌푸렸다.

"아주머니, 혹시 사인교가 들어오지 않았어요?"

"아녀자가 풀무간에 왔는지 묻는 거야?"

안댁은 부칠이 말에 피식 웃었다. 아녀자가, 그것도 사인교를 타는 양반댁 아녀자가 풀무간에 올 리는 없었다.

부칠이는 안집을 돌아 뒷마당으로 갔다. 도검장이 뚜막이와 함께 가마를 손보고 있었다. 뚜막이가 진흙을 주물러 주면 도검장이 틈이 생긴 가마 벽에 던져 넣었다.

"나리 심부름을 왔느냐?"

도검장이 인사도 하지 않고 서 있는 부칠이에게 아는 체를 했다. 부칠이 시선이 가마로 쏠렸다. 부칠이가 풀무간에서 살았던 삼 년 동안 가마에 불을 넣은 적이 없었다.

"작업 준비를 보고 오라고 하시더냐?"

부칠이는 온통 가마에 정신이 팔려 도검장이 묻는 말도 흘려들었다.

"어르신, 왜 가마를 쓰십니까? 화덕으로도 충분하지 않습니까?"

"이번엔 가마 불이 필요하다. 준비가 끝났다고 전하여라."

도검장이 진흙을 던지듯 말을 툭 뱉었다.

부칠이는 가마 가까이로 갔다. 기물로 가득 차 있던 가마 안이 말끔하게 치워져 있었다. 좁은 입구 뒤로 길고 넓은 방을 달고 있는 가마가 시커먼 아가리를 벌리고 있었다.

부칠이는 부르르 몸을 떨었다. 마지막 담금질을 하는 날, 깊은 가마 속에 무엇이 들어갈지 깨달았다. 행여나 도검장이 최 부사 마음을 돌려놓지 않을까, 하던 희망이 날아가 버렸다. 닭이나 사슴을 제물로 바치는 고사를 본 적이 있었다. 살아 있는 짐승을 불 속에 넣으면 귀를 찢는 듯 큰 비명에 이어 불길이 일었다. 살아 있는 생목숨이 고통을 쏟아내는 끔찍한 소리에 부칠이뿐 아니라 수십 년 메를 잡은 일꾼들도 귀를 막았다.

부칠이는 우물로 달려가 머리에 물을 들이부었다. 잃어버린 행이가 벌써 가마 속으로 들어가 버린 것만 같았다.

"이를 어째? 무슨 짓이야?"

안댁이 부칠이 손에서 바가지를 빼앗았다. 아직은 물이 찬 봄이었다. 부칠이는 마지못해 안댁에게 끌려가 옷을 갈아입었다. 아랫목엔 백일이 지난 아기가 이불에 싸여 자고 있었다.

"시동이라고 했죠?"

"응, 겨울이 시작될 때 나왔다고 어르신이 그리 지으셨어."

살이 올라 통통한 아기 볼은 만져 보고 싶을 정도로 뽀얬다.

잠시 후, 도검장이 들어왔다. 엉거주춤 일어서서 나가려던 부칠이는 자는 시동이를 토닥이는 도검장을 보았다.

"어르신, 검이 사람보다 귀할까요?"

갑작스러웠지만 부칠이가 도검장에게 꼭 묻고 싶은 말이었다.

도검장이 매섭게 부칠이를 노려보았다. 부칠이 생각을 꿰뚫어 보겠다는 듯 눈을 떼지 않았다. 부칠이도 이를 꽉 물고 도검장 눈빛을 온전히 받아들였다.

"나 같은 야장에게 검 말고 뭐가 중요하겠느냐?"

"그럼, 시동이는요? 시동이는 귀하겠지요."

도검장이 벌떡 일어나 부칠이 멱살을 쥐었다.

"이놈! 감히 이놈이, 시동이가 어쨌다는 게야? 부사댁 밥을 먹더니 네놈도 양반이 된 줄 아는구나."

시동이가 와앙 울음을 터뜨리자 안댁이 나서서 부칠이를 쫓아냈다.

도검장이 호통을 쳤다.

"내 일은 철을 만지는 것이고, 네놈 일은 심부름이나 하는 것이다. 다른 것에 눈 돌리지 마라. 세상 것들을 비교하려 들면 억울해서 삐뚤어지기만 한다."

부칠이는 도검장 말을 뒤로하고 풀무간을 나왔다.

임금은 무엇을 위해 보검을 원할까? 임금은 이전 왕을 몰아내고 어좌에 앉을 만큼 통솔력이 있었다. 그러나 안으로는 함께 반정을 성공시킨 신하에게 쫓겨 공주로 달아나야만 할 만큼 신임을 얻지 못했고, 밖으로는 청과 명의 힘겨루기 정세를 바로 읽지 못하여 연이어 전쟁을 치러야 했다. 결국 임금은 청 태종에게 삼배구고두례를 행하는 욕되고 수치스러운 일을 당하고 소현 세자와 봉림 대군을 인질로 내어 주어야 했다.

함께 끌려간 백성이 육십만 명에 이르렀지만 조정에서는 매년 장정과 처녀들을 모아 청으로 보냈다. 간혹 고향으로 돌아온 여자들은 자결을 강요당했고 문전 박대에 거지로 떠돌다 죽었다. 죽을 고비를 넘기며 도망쳐 온 포로들도 다시 붙잡혀 청으로 보내졌다. 그렇게 잡힌 포로들은 청으로 가 뒤꿈치가 잘리는 형벌을 받았다. 신하들은 더 이상 임금의 신하이기를 거부하고 낙향하였다. 청에 반발하는 신하들은 임금에게가 아니라 청에 끌려가 벌을 받았다. 이제는 임금마저 청으로 끌려갈 지경에 이르렀다.

임금만 있는 나라는 없다. 백성이 있어야 나라가 있고 임금도 있는 것이다. 임금은 백성을 지키는 힘을 얻기 위해서 백성을 희생시키려는 걸까? 부칠이가 원하는 것은 한없이 높은 어버이가 아니라 그저 힘없는 목숨을 측은하게 여기는 마음이었다. 바로 도검장이 시동이를 바라보는 그 눈빛이었다.

도검장은 울음 끝에 다시 잠이 든 시동이를 물끄러미 바라보았다. 야장에게서 태어나 야장으로 클 아이의 앞날이 보이는 듯했다. 조부에서 아비로, 그리고 도검장으로 이어진 풀무간은 왜란과 호란을 겪으며 긴 세월을 살아남았다. 아비는 왜란이 일어났을 때 병장기를 싣고 전주성까지 내려가 전쟁을 도왔다. 거기서 한쪽 다리를 잃고 평생 앉은뱅이로 살았지만 죽는 순간까지도 화덕 앞에서 메를 놓지 않을 만큼 야장 일을 천직으로 알았다. 아비를 생각하면 임금의 보검을 만드는 일이 망극하고 또 망극한 일이었다.

도검장은 최 부사댁에서 제물로 키워졌다는 처자를 보고 온 후로 잠을 이루지 못했다. 시동이가 태어나고부터는 마음이 더 괴로웠다. 무수막 한 자리에서 삼대를 이어 온 풀무간이 쇳덩어리가 되어 밤마다 도검장 가슴을 짓눌렀다. 제 손으로 살아 있는 처자를 제물로 바친다는 건 아무래도 꺼림칙했다.

그러나 방법이 없었다. 최 부사 뜻을 어기는 건 임금의 뜻을 거스르는 것이었다. 그건 삼대를 이어 온 풀무간이 하루아침에 잿더미가 되는 일이었다.

'차라리 처자가 도망이라도 쳤으면 좋으련만.'

도검장은 끙 소리를 내며 자리에 누웠다.

'만우는 모레쯤 올 텐데, 기다릴 것도 없이 찾아가야지.'

부칠이는 혹시나 하고 산유각에도 가 보았지만 그곳에도 행이는 오지 않았다.

노인이 보았다는 사인교에 행이가 타고 있었을까? 이젠 그마저도 의심스러웠다. 복잡한 장날 교꾼이 네 명이나 있는 큰 사인교가 감쪽같이 사라진 것은 아무리 생각해도 이상했다.

부칠이는 주막으로 향했다. 날이 풀리고 파종이 다가와서 모처럼 장이 활기를 띠어 주막엔 빈자리가 없었다. 바쁜 지평네에게 눈인사만 하고 나가려는데, 조금 전까지 풀무간에 있던 뚜막이가 주위를 두리번거리며 오는 게 보였다. 부칠이는 재빨리 손님들 사이에 끼어들어 몸을 숨겼다.

뚜막이가 주막 툇마루에 있는 무리들 사이에 끼어 앉는 게 보였다. 분위기가 험악했다. 나루터에서 왈패 두목을 하던 자가 뚜막이를 위협하고 있었다. 곧 뚜막이가 나뭇가지로 땅에 그림을 그려 가며 무언가를 설명했다.

'그래, 네놈이 다시 돌아온 이유가 있었어.'

무리들이 다 빠져나간 후에야 뚜막이가 움직였다. 부칠이가 뚜막이 앞을 막았다.

"이번엔 풀무간을 통째로 털기로 했어?"

뚜막이가 갑자기 나타난 부칠이를 보고 말을 더듬었다.

"알 거 없잖아. 상, 상관없잖아!"

"그래? 어르신이 알아도 상관없지?"

"까불지 마. 네가 뭘 안다고 그래?"

뚜막이 얼굴이 험악해졌다.

"이번엔 그냥 못 넘어가."

"못 넘어가면? 이젠 혼자가 아니야. 푼돈이나 만지는 놈들이 아니라고."

뚜막이는 바지춤에 찬 표창 주머니를 만지작거렸다. 표창은 나무로 깎은 예전 놀잇감이 아니었다. 쇠붙이를 얇게 두드리고 끝을 날카롭게 갈아서, 던지면 어디든 박히는 단검이나 다름없었다.

"왈패든 표창이든 내 입을 막을 생각 마. 그깟 것 무섭지도 않아."

둘은 서로를 노려보았다. 마침내 부칠이가 먼저 입을 열었다.

"다음 장날 새벽엔 안 돼. 조금 전까지 가마를 손보고도 그날이 무슨 날인 줄 몰라?"

"마지막 담금질하는 날이잖아. 가마 불이 꺼질 때까지 일꾼들을 풀무간에 들이지 않는다고 하셨어. 안댁과 시동이도 다른 곳으로 보내는 눈치였고. 적어도 열흘 정도는 어르신만 뒷마당 가마를 지키고 있을 테고, 풀무간은 텅 빌 거니까."

"아니야! 그날은 풀무간을 지키는 눈들이 더 많을지도 몰라."

뚜막이가 의심스러운 눈길로 부칠이를 보았다.

"넌 뭔가 알고 있지? 그러지 말고 한몫 챙겨 줄 테니 너도 이 일에 들어와라."

"이 새끼가? 철을 몽땅 도둑맞고 어르신이 겪을 고초는 생각 안 해 봤어? 어르신은 식구들만 생각해. 제 식구 살리려고 무슨 짓을……."

뚜막이가 비웃었다.

"식구? 난 아니야. 나에게도 담금질하는 날 풀무간에는 얼씬도 하지 말라고 하셨어. 겨울 내내 그 검들을 두드린 나에게 말이야."

부칠이는 멋대로 생각하는 뚜막이가 한심스러웠다.

뚜막이가 침을 찍 뱉었다.

"어차피 떠날 생각이었어. 아버지도 아닌 사람인데 더 이상 붙어 살 순 없지."

"그게 무슨 말이야? 아버지가 아니라니?"

부칠이가 놀라자 뚜막이가 쏘아붙였다.

"알 거 없다니까. 입 닫는 대가가 뭐야? 뭘 원해?"

부칠이는 더 묻고 싶은 걸 참았다.

"뭐든. 어쩌면 네 표창 솜씨가 필요할지도 몰라."

부칠이는 일단 뚜막이를 놓아주었다. 행이를 찾는 일이 먼저였다.

파장이었다. 사람들이 보따리를 챙겨서 떠났다. 팔다 남은 것이거나 새로 장만한 것들을 지게에, 머리에 또는 품에 안고서 해를 따라 고개를 넘었다. 다들 돌아갈 곳이, 찾아갈 곳이 있었다. 부칠이도 해가 지기 전에 움직여야 했다. 이대로 최 부사댁으로 돌아가야 할지, 만우에게 먼저 가야 할지, 무작정 풀무간 앞을 지켜야 할지 부칠이는 마음을 정하지 못하고 우시장 삼거리 팽나무 아래 앉았다.

팽나무는 당산나무로 살아가느라 무수히 많은 천들을 달고 있었다. 저마다의 소원을 품은 팽나무에도 새순이 한창이었다. 부칠이는 나무 아래 돌멩이를 던져 넣으며 행이가 무사하기를 빌었다. 아비와 누이를 만날 수 있게 기원할 때만큼이나 그 마음이 간절했다.

그때, 우시장 쪽에서 김 서방이 걸어왔다. 부칠이는 벌떡 일어나 김 서방에게 달려가다가 생각을 고쳐먹고 당산나무 뒤로 몸을 숨겼다. 뒷짐을 지고 설렁설렁 걷는 김 서방 품이 마실을 다녀오듯 한가로웠다. 부칠이는 고개를 오르는 김 서방 뒤를 밟았다. 김 서방이 행이를 어딘가에 숨겼다면 사진일 전에 다시 행이를 찾아갈 게 분명했다. 사진일까지 행이는 무사할 것이다.

부칠이는 김 서방이 재너미로 내려가는 것을 확인하고 되돌아서 곧장 비연사로 갔다. 어두워지는 산길에 걸음을 서둘렀다. 아침부터 뛰어다녀서 온몸이 천근만근이었다.

해가 꼴딱 넘어가고 초롱한 별이 보일 때가 되어서야 일주문 안으로 발을 들여놓았다. 부칠이는 비연사 마당에 켜진 희미한 석등을 보고 그 자리에 주저앉았다.

만우는 갑자기 찾아온 부칠이를 보고 한달음에 달려 나왔다. 만우 재촉에 부칠이는 숨 돌릴 틈도 없이 행이를 놓친 일을 털어놓았다. 만우가 몸을 푸르르 떨며 부칠이를 잡아 일으켰다.

"가자, 누이 찾으러."

"어디서 찾아? 숨겼을 텐데. 그래도 다음 장날까지는 안전할 거야."

부칠이가 아무리 달래도 만우는 안절부절못하며 불안해했다.

"내가 고사 때 봐서 알아. 짐승도 꼭 살아 있는 것만……. 풀무간에서는 불 넣을 가마까지 손을 보고 있어."

부칠이 말에 만우가 털썩 주저앉아 머리를 싸쥐고 울음을 터트렸다.

어둠 속에서 할머니가 한손엔 지팡이를, 한 손엔 숟가락이 꽂힌 바가지를 들고 걸어왔다.

"이놈, 밥도 못 먹은 거지상이구먼."

할머니가 부칠이에게 바가지를 덥석 안겼다. 부칠이는 바가지를 다리 사이에 끼고 허겁지겁 밥을 퍼 넣었다. 최 부사댁에서 새벽밥을 먹은 후 종일 뛰어다니기만 했다.

"그 아가는 조심해야 된다고 하지 않았어? 탯줄을 자르자마자 빼앗아 갈 때부터 알아봤지러."

"할매, 누이를 어떡하지?"

"뭘 어떡해? 찾아야지. 가서 살려야지."

할머니는 삭신이 쑤신 듯 앓는 소리를 하며 울고 있는 만우 옆에 쪼그리고 앉았다.

"그 아기가 어디가 어떻다고 그러누. 태어날 때에도 별다른 게 없더구먼. 어미도 평생 궂은 일만 하던 거친 손이었어. 동네 처자들과 섞어 놓아도 하나 다를 게 없는 아이가 무어 그리 특별하다고."

할머니는 중얼중얼 읊조리며 어두운 법당 지붕을 올려다보았다. 부칠이는 밥을 먹다 말고 할머니가 하는 말을 되새겨 보았다. 그래, 행이는 특별한 게 없는 아이였다.

"할머니, 만우 머리 좀 깎아 주세요."

옷 속으로 파고드는 새벽 소소리바람을 맞으며 둘은 산을 내려왔다. 만우는 매끈하게 깎은 머리를 자꾸만 문질렀다. 부칠이는 우시장 삼거리에서 만우와 헤어졌다. 만우는 나루터로 가서 사진일에 떠나는 첫 배를 알아보기로 했다.

김 서방이 대문을 들어서는 부칠이 뒤통수를 냅다 때렸다.

"말도 없이 어딜 다녀와?"

부칠이는 화를 참고 김 서방을 떠 보았다.

"풀무간에 다녀왔어요. 어제 저를 보셨잖아요."

"응? 내가? 어, 어디서?"

당황한 김 서방이 말을 더듬었다.

"장터에서 봤나? 아무튼 지나가시는 거 봤어요."

김 서방이 헛기침을 하며 슬그머니 자리를 떴다.

부칠이는 김 서방 뒤통수를 쏘아보며 다시는 놓치지 않으리라 다짐했다.

노림수

유모가 대문을 나가는 것을 확인한 부칠이는 재빨리 별당으로 들어갔다. 옥란이 유모에게 장터까지 다녀오는 긴 심부름을 시킨 것이었다.

부칠이는 초조하게 옥란이 나오기를 기다렸다. 잠시 후 허름한 바지저고리와 도포를 입고 땋아 내린 머리를 올려 두건으로 감싸고 패랭이까지 쓴 옥란이 밖으로 나왔다. 부칠이는 옥란을 데리고 뒷문으로 집을 빠져나왔다. 처음 신어 본 짚신이 옥란이 발에서 자꾸만 벗겨졌다.

부칠이는 옥란을 개울 건너에 있는 활터로 이끌었다. 이 판서댁 막내 도령을 훔쳐보기엔 활터가 맞춤한 곳이었다. 불편한 몸에도 손수 활과 화살집을 챙겨 가는 고집스러움을 보면 이 도령이 활쏘기를 즐기는 게 분명했다.

"아가씨, 저는 도련님이 지나시는 길만 알려 드리는 겁니다. 그다음엔 아가씨께서 알아서 하실 요량이지만. 도련님이 아가씨를 보고 노하시거나 언행을 문제 삼기라도 하면 큰일입니다."

부칠이는 옥란이 심기를 건드리지 않으려고 쩔쩔맸다. 옥란이 이 도령을 보고 기겁하지 않을까도 걱정이었다.

활터로 들어가는 초입에 양반님들이 타고 온 말을 메어 두는 곳이 있었다. 부칠이는 옥란을 멀찍이 세워 두고 말을 지키는 하인들에게로 가 이 판서댁 막내 도령이 왔는지 물었다.

"아직 안 오셨다. 오늘은 날이 좋으니 일찍 오실 게다."

부칠이는 옥란이를 굽이진 길 야트막한 언덕에 있는 나무 아래로 안내했다. 올라오는 길이 훤히 내려다보이는 곳이었다.

한 식경이 지나 말을 탄 일행이 지나간 후, 휘청거리는 도포 자락이 보였다.

부칠이는 옥란의 눈치를 살폈다.

"아가씨, 도련님입니다."

옥란이 나무 뒤에 바짝 붙어 길을 내려다봤다.

이 도령이 앞서 지나간 말이 피워 놓은 먼짓길을 더디게 올라오고 있었다. 걸을 때마다 말끔한 도포 자락 한쪽이 흙바닥을 쓸었다. 달그락거리는 화살집이 금방이라도 어깨에서 벗겨질 듯 아슬아슬했다. 절뚝거리는 이 도령에게는 옷이며 화살집이 죄다 짐스러워 보였다.

옥란은 이 도령이 굽이진 길을 돌아가는 긴 시간 동안 꼼짝도 하지 않고 지켜보았다.

"그만 가자."

옥란의 목소리가 놀랍도록 차분했다.

불안해서 어쩔 줄 모르는 부칠이와 달리, 옥란은 아무 일도 없었다는 듯 올 때보다 더 느긋하게 별당으로 들어가 버렸다. 부칠이는 이제 옥란의 결정만 기다릴 뿐이었다.

옥란이 수틀에서 고개를 들었다. 어느새 해가 반은 기운 듯했다. 장터에서 돌아온 유모가 이런저런 이야기를 늘어놓다가 심기가 좋지 않은 옥란이 눈치를 보고는 안채로 갔다. 옥란도 유모도 행이가 없어서 심심하고 허전했다. 아무리 최 부사가 허락한 일이라지만 옥란은 말도 없이 가 버린 행이가 괘씸했다. 돌아오면 따끔하게 가르치리라 벼르고 있었다.

그러나 이제 그런 것은 하찮은 일이 되어 버렸다. 부칠이가 지난밤에 찾아와 털어놓은 이야기는 너무도 무서웠다. 옥란은 물러가는 부칠이를 다시 불러 모든 게 사실임을 다짐받았다. 부칠이는 진심을 보이겠다며 오늘 이 도령이 가는 활터로 데려가 주었다.

옥란은 부칠이를 믿어 보기로 했다. 옥란에게도 행이에게도 시간이 많지 않았다.

부칠이는 사랑채를 찾아갔다.

"나리, 도검장이 가마를 손보고 불을 넣을 준비를 마쳤답니다. 일은 순조로우나 제 손이 필요하다고 하니 며칠 다녀오겠습니다."

부칠이는 분한 마음을 감추려고 최 부사를 올려다보지 않았다.

"허허. 마침 궁금하던 참인데, 네놈이 눈치 하나는 빠르구나. 너는 이만 가거라. 이제 여기 올 것도 없다."

부칠이는 이를 악물었다. 제물로 맡아 두고 있던 행이가 없으니 행이를 살피던 자신도 최 부사에게는 더 이상 필요 없다는 것이다. 부칠이는 다음 날까지 기다릴 것도 없이 곧바로 봇짐을 챙겼다. 그러고는 떠나는 인사를 한다는 핑계로 당당히 별당으로 들어갔다.

"다시 풀무간으로 간다고? 행이와 같이 이 대감댁으로 가는 게 아니고?"

유모가 고개를 절레절레 저었다.

"엉터리 소문은 만들지도 마세요."

부칠이는 엉뚱한 소리만 해 대는 유모에게 분통을 터트렸다. 그때 옥란이 부칠이 소리를 듣고 방문을 열었다.

유모가 발끈했다.

"엉터리라니? 네놈도 행이에게 마음이 있었잖아. 아주 틀려먹은 소문은 없는 법이야."

"그래, 아주 틀린 소문은 없지."

옥란이 유모 말을 받았다. 아무 말이나 떠들어 대는 것 같아도 유모 말이 맞춤하게 맞을 때가 있었다.

옥란은 유모를 안채로 내보낸 뒤, 부칠이에게 가까이 오라고 눈짓을 했다.

"만우 스님을 당장 이리로 보내. 어머니께는 치성을 드리고 싶다고 미리 말씀드릴 터이니."

부칠이는 옥란이 앞에 넙죽 엎드렸다.

"아가씨, 정말 고맙습니다. 비연사 아랫마을에 도착해서는 마을에 남으십시오. 그러나 마님은 꼭 비연사로 보내셔야 합니다. 그런 후에는 만우가 다 알아서 할 것입니다."

옥란의 얼굴이 딱딱하게 굳어 있었다.

"아가씨, 내키지 않으시면 제가 다른 방도를 마련하겠습니다."

"아니야, 내가 할 거야. 내가 꼭 가야 해."

옥란은 다짐을 하듯 말하고는 방문을 닫았다. 부칠이는 닫힌 방문을 향해 큰절을 올렸다.

"아가씨, 부칠이 놈은 아가씨를 믿겠습니다."

부칠이는 낮에 본 이 도령 때문에 옥란의 마음이 바뀌지 않기만을 바랐다.

지평네가 주막으로 들어서는 부칠이에게 아는 체를 했다.

"재너미가 옆집도 아닌데 사흘이 멀다 하고 오냐?"

부칠이가 주막집 마루에 털썩 주저앉았다.

"이제 재너미에는 안 가요. 다시는 안 갈 거예요."

"왜? 일이 힘들더냐? 그럼, 다시 풀무간으로 오는 거야?"

"아니요, 풀무간에도 안 가요."

"안 가? 따로 갈 곳이 정해졌나 보네. 그래도 떠날 때 야박하게 굴지 마라. 도검장이 널 거둔 공을 생각해야지."

지평네 말도 맞았다. 최 부사가 시키는 대로만 하는 어르신에게 화가 나지만 누이를 잃고 혼자 남은 자신을 보살펴 준 은혜는 잊지 않았다.

부칠이는 지평네에게 내일 저녁에 방 하나만 비워 달라고 했다.

"장날 전이라 손님이 많을 텐데, 모셔올 손님이라도 있냐?"

"네, 나룻배 손님이에요. 뒷문 가까운 구석진 방으로 주세요."

부칠이와 만우는 이른 저녁밥을 먹고 헤어졌다. 만우는 최 부사댁으로 가서 모레 박씨 부인과 옥란을 비연사로 데려가야 했다. 큰스님이 갑작스럽게 강원도로 떠나게 되었고, 떠나기 전 혼례를 치를 옥란에게 덕담을 써 주고 싶다고 하면 박씨 부인이 선뜻 따라나설 것이다. 지금쯤이면 옥란이도 절에 한 번 다녀오자고 박씨 부인에게 청을 넣었을 것이다. 비연사에서는 할머니가 큰스님께 미리 언질을 주기로 했다.

다음 날 이른 아침부터 무수막 고개를 지킨 부칠이는 허탕을 치고 해가 진 후에야 풀무간으로 돌아왔다. 김 서방이 무수막 고개를 넘어오지 않은 것이다. 아마도 내일 비연사로 떠날 준비를 하느라 최 부사댁이 분주할 것이다.

뒷마당 작업장 안에는 다행히 뚜막이만 있었다. 뚜막이는 완전히 모양을 갖춘 열 개 남짓 되는 검날을 하얀 무명으로 닦고 있었다.

"어때? 잘 나왔지?"

뚜막이가 검날 하나를 들어 보였다. 마지막 담금질을 남겨 둔 검날은 날이 서 있지도 않고 광이 나지도 않았지만 평소 만들던 것보다 길이가 더 길고 검신이 넓어 특별해 보이긴 했다.

"이 많은 검에 상감을 하고 어피로 손잡이와 검집을 만들려면 비용이 엄청날 거야. 최 부사댁 재산이 어마어마한가 봐."

뚜막이는 정말이지 검에 대해 아무것도 모르고 있었다.

"이것도 욕심이 나지?"

"우린 완성품만 챙긴다니까. 완성품만으로도 충분해."

뚜막이가 실실 웃었다.

부칠이는 뚜막이에게 바짝 다가가 내일 할 일을 일러 주었다. 검에 대한 사연만은 내일을 위해 남겨 두었다. 뚜막이는 그런 일이라면 식은 죽 먹기라며 패거리들과 상의를 하러 나갔다.

부칠이는 뒷마당에 아무도 없는 것을 확인하고 재빨리 가마 안으로 들어갔다. 말끔히 비어 있는 가마 높이는 부칠이 키와 비슷했다. 청군을 피해 숨어들었던 가마 안에서 누이에게 꼭 붙어 밤을 지새우던 일이 떠올랐다. 누이와 헤어지기 전 마지막으로 보낸 밤이었다. 슬프고도 따뜻한 기억이었다.

그때 밖에서 불빛이 어른거리는 바람에 부칠이는 벽으로 붙어 섰다. 도검장이었다. 바람이 불어 가마 안까지 들어온 그림자가 부칠이를 덮치듯 사납게 흔들렸다. 도검장이 가마 주위를 둘러보는지 한동안 불빛이 이리저리로 움직이더니 가마 입구에 횃불이 놓였다. 그 덕에 가마 안이 대낮처럼 환해졌다. 부칠이는 입구 옆 구석진 벽으로 몸을 숨겼다. 흐느끼는 소리가 들려 조심스레 훔쳐보니 도검장이 가마 앞에 엎드려 울고 있었다.

문득, 부칠이는 '우리는 누구의 것일까?' 하는 의문이 생겼다. 부모를 잃고 길에 버려진 것이나 다름없는 자신과 누이, 행이와 만우는 누구의 것일까? 산기슭에 뒹구는 돌멩이처럼 필요한 누군가가 주워서 기울어진 기둥이나 받치는, 그러다 무게에 못 이겨 바스러져 버리는 그런 목숨일까? 땅에 굴러다니는 목숨이니 줍는 이가 가지면 그만인 걸까?

부칠이는 도검장이 떠난 뒤 어둠 속을 조용히 응시했다. 이곳은 이틀 후엔 장작으로 가득 채워져 뜨거운 불가마가 될 것이다. 부칠이는 한기를 온몸으로 고스란히 느끼며 새벽이 되기를 기다렸다. 추위와 두려움을 달래 주던 누이는 이제 옆에 없다. 몸이 약해 병치레가 잦았던 누이는 어찌 살고 있을까? 누이만큼은 재너미 작은 마님처럼 사무치는 냉대를 받지 않을 것이다. 산유각 어매처럼 죽지도 않았을 것이다. 부칠이는 다시 한 번 누이를 만날 수 있다는 믿음을 굳게 새겼다. 행이를 찾고 말겠다는 다짐도 굳게 새겼다. 웅크려 누운 부칠이 귓바퀴에 눈물이 고였다.

해가 뜨자마자 부칠이는 무수막 고개를 올랐다. 사진일이 하루밖에 남지 않았다. 부칠이는 재너미가 잘 내려다보이는 고갯마루에 올라 몸을 숨긴 후 풀무간에서 싸 온 주먹밥 한 덩이를 먹었다.

이슬이 걷힐 쯤에 만우가 고개를 올라왔다. 그 뒤로 사인교 두 대와 하인들이 따라 올라왔지만, 지난가을 비연사 나들이 때보다 단출한 행차였다. 고개를 다 올라와 일행이 다리쉼을 하는 사이, 만우가 주위를 두리번거리다가 돌탑을 향해 합장을 했다. 일이 순조롭게 되어 간다는, 숨어 있는 부칠이에게 보내는 신호였다.

오후에는 내일 장을 펼 장사꾼들이 등짐을 지고 재너미에서 올라왔다. 부칠이는 김 서방을 놓칠까 봐 길 가까운 곳으로 자리를 옮겨 앉았다.

김 서방은 혼자였다. 뒷짐을 지고 노량으로 사람 구경을 하는 김 서방 모습에 부칠이는 다시 화가 치밀어 올랐다. 고개를 벗어난 김 서방은 삼거리에서 우시장으로 향했다. 사인교가 우시장으로 올라가는 것을 봤다던 노인의 말이 맞았다. 몸을 숨길 곳이 마땅치 않아서 부칠이는 멀찍이 거리를 두고 뒤를 따랐다. 한참을 기다렸다가 모퉁이를 돌아가자 김 서방이 사라지고 없었다.

부칠이는 당황해서 주위를 살폈다. 양쪽으로 마른 싸리나무들만이 빽빽한, 샛길도 없는 외길이었다. 우시장까지 뛰어 올라가도 김 서방이 보이지 않았다. 당황한 부칠이는 김 서방을 놓친 곳으로 다시 돌아와 길을 꼼꼼히 살폈다. 나무 사이에 싸리나무를 촘촘히 엮어 놓은 곳이 보였다. 흔들어 보니 문짝처럼 기대어 놓은 싸리 울타리였다. 나무와 함께 있으니 감쪽같았다. 옆으로 밀치자 장정 대여섯은 드나들 만큼 넓은 통로가 나왔다. 담 밖은 온통 마른풀이 우거진 묵정밭이었다. 저만치서 팔을 휘저으며 가는 김 서방이 보였다. 부칠이는 김 서방이 건너편 잡목 숲으로 들어가는 것을 확인하고는 엎드려 기다시피 밭을 가로질렀다.

숲에는 허름한 초가집 한 채가 있었다. 김 서방이 마당에 있는 것을 보고 부칠이는 덤불이 있는 곳에 몸을 숨겼다. 잠시 후 집 안에서 행이가 나왔다.

'찾았다.'

행이는 김 서방과 몇 마디 주고받더니 다시 방으로 들어가고 마당에 있던 아주머니가 김 서방과 함께 밖으로 나왔다.

"꼭두새벽에 움직여야 하네. 사람들이 오면 바로 나가야 해."

김 서방이 아주머니에게 다짐을 했다.

부칠이는 사방이 조용해진 것을 확인하고 길을 되짚어 나왔다. 일을 치기에 맞춤한 곳을 찾아 외길을 몇 번이나 오르내렸다.

행이는 하루하루가 무료했다. 벌써 나흘이나 지났지만 산유각에 다녀오겠다고 한 김 서방은 소식이 없었다. 사인교를 타고 오는 동안 강이 보이지 않은 걸 보면 산유각과 가까운 곳은 아니었다.

온통 산으로 둘러싸인 집에는 인실댁이라는 아주머니만 있었다. 산유각 어매와 먼 친척이라는 인실댁은 처음 보는 행이에게 몹시 깍듯했다.

"어매가 소식을 보내올 동안은 기다려야 해요. 좀 오래 기다리더라도 마음 편히 있어요."

"어매는 건강하시지요?"

"그럼요, 예전 그대로 고우시지요."

인실댁은 유모와는 비교도 안 될 정도로 조신했다. 행이는 말수가 적지만 꼼꼼하고 살가운 인실댁이 마음에 들었다.

산짐승이 내려오는 곳이라 마당엔 나가지 말라는 인실댁 말에 행이는 잠깐씩 문을 열어 내다볼 뿐 할 일이 없었다. 앞산에 진달래가 피어 있었다. 행이는 어매와 나란히 앉아 봄꽃 볼 생각을 하니 가슴이 설레었다.

한편으로는 옥란에게 말도 없이 서둘러 온 것이 마음에 걸렸다.

'뭐에 홀린 듯 어찌 그리도 급했을까? 어매가 이렇게 늦어지는 것을 알았으면 천천히 올걸.'

행이는 시간이 지날수록 조금씩 불안해졌다.

"내일이면 벌써 닷새째인데, 어매가 왜 이리도 늦어지는 걸까요?"

"김 서방이 알아보러 갔으니 아마 오늘내일 소식이 올 거예요. 나리께서 허락하신 일이니 늦어져도 괜찮아요."

오후가 되자 인실댁 말처럼 김 서방이 왔다. 행이는 반가움에 밖으로 나갔다.

"어매는요? 함께 오지 않았어요?"

"곧 올 것이니 걱정할 것 없다. 넌 방에서 꼼짝 말아라."

김 서방은 행이를 바로 보지도 않고 퉁명스럽게 말했다.

저녁이 되어 인실댁이 행이를 부엌으로 데리고 가서 깨끗이 씻겼다. 그리고 어매가 지어 보냈다는 옷을 꺼내 놓았다. 행이가 그토록 바라던 일이 이루어진 것이다. 옥란이 설빔으로 쓴 것만큼이나 값비싼 옷감이었다. 행이는 따뜻한 어매 마음이 느껴져 눈시울이 붉어졌다.

시위잠을 자던 행이가 어수선한 소리에 눈을 떴다. 문밖이 횃불로 환했다.

인실댁이 급히 방으로 들어와 촛불을 밝히지도 않고 행이에게 옷을 갈아입도록 했다.

"이 밤에 어매를 만나러 간다는 거예요?"

행이는 불안했다.

"곧 날이 밝을 시각이에요. 어매 사정이 그리 됐나 봐요."

마당에서는 김 서방이 사인교를 대어 놓고 기다리고 있었다.

"인실댁, 저와 함께 가는 거지요?"

인실댁이 행이 등을 토닥이며 고개를 끄떡였다.

사인교가 출발했다. 금방 날이 밝아올 것 같지 않았다. 사인교 창문을 빠끔히 열고 보았지만 인실댁이 어디쯤에 있는지 보이지 않았다.

얼마 지나지 않아 사인교가 멈췄다.

"웬 놈들이냐?"

벌써 어매가 있는 곳에 도착한 줄로 알았던 행이는 고함 소리에 깜짝 놀랐다.

사인교가 땅에 내려졌다. 이어서 심상치 않게 투덕거리는 소리가 들렸다.

창문을 살짝 들쳐 보던 행이는 소스라치게 놀라 장옷을 뒤집어썼다. 어둠 속에서 사람들이 뒤엉켜 싸우고 있었다. 비명과 거친 사내들 소리가 들려왔다. 행이는 금방이라도 사내들이 문을 열어젖힐 것만 같아서 옷깃을 꽉 부여잡았다.

'어매, 어디 계세요? 어매.'

얼마나 지났을까.

"어서 모시고 가거라."

"네, 김 서방도 어서 가세요."

사인교가 다시 움직였다. 김 서방을 부르는 목소리가 어쩐지 귀에 익었다.

뛰다시피 걷는 교꾼 걸음에 행이는 몸을 제대로 가눌 수가 없었다. 아무래도 인실댁은 따라오지 않은 것 같았다. 한참을 내달리던 사인교가 또다시 땅에 내려졌다. 아까와는 달리 사방이 조용했다. 산유각으로 온 것일까? 밤새가 길게 울었다. 기다리다 못한 행이가 창문을 열어 보려는 찰나, 검은 손이 안으로 쑥 들어왔다. 행이는 그대로 정신을 잃었다.

용의 날

뚜막이가 패거리들과 함께 주막 뒷담에 붙어 섰다.

"이러고 있으면 어떡해? 나리가 무수막으로 넘어올 텐데."

"걱정 마. 고개 넘는 건 일도 아니야. 네놈 꽁무니에 대고 악이나 쓰던 옛날 뚜막이가 아니란 말이야."

뚜막이는 부칠이를 향해 표창 주머니를 흔들어 보이며 이 판서와 최 부사는 제 손에 맡기라고 큰소리쳤다. 부칠이는 뚜막이를 믿어 보기로 했다.

이 판서와 최 부사가 되도록 늦게 풀무간에 도착해야만 했다. 가마에 불이 들어가고 나면 그만이었다. 뒤늦게 가마 안에 제물이 없다는 것을 알아도 시간을 되돌릴 수는 없었다.

"일 끝나면 약속한 거 지켜."

뚜막이가 부칠이에게 다짐을 받고 패거리를 몰고 뛰어갔다. 부칠이는 뚜막이에게 오늘 일만 무사히 끝나면 값이 나가는 물건이 있는 곳을 알려 주겠다고 한 터였다. 뚜막이가 보고도 모르는 값진 것이었다.

행이를 찾았으니 아침에 떠나는 첫 배에 오르기만 하면 모든 것이 끝난다. 그동안 이 판서에게 받은 심부름 값이면 셋이서 한동안 끼니는 거르지 않을 것이었다.

'풀무간에 가 봐야지. 아가씨가 어떻게 하고 계실지 가 봐야 해.'

생각과는 달리 자꾸만 눈꺼풀이 내려앉았다. 부칠이는 잠깐만, 아주 잠깐만 쉬고 싶었다.

만우가 비연사 아랫마을에서 옥란을 데리고 주막으로 내려온 것은 어제저녁이었다. 박씨 부인과 함께 비연사로 가던 옥란은 절 아랫마을에서 배가 아파서 산길을 오르지 못하겠노라고 했다. 아무래도 달거리가 시작되는 것 같다고 거짓말을 했다. 결국 옥란과 유모는 집으로 돌아가기로 하고 박씨 부인만 하인을 데리고 비연사로 갔다. 만우가 유모를 아랫마을 외진 집에다 가두고 옥란이를 데리고 주막으로 온 것이었다.

부칠이는 옥란을 좁고 허름한 주막집 뒷방에 들인다는 게 마음에 걸렸지만 옥란은 이상하리만치 모든 일을 부칠이가 하자는 대로 따라 주었다.

"아가씨, 풀무간에서 나리와 맞닥뜨리실 텐데, 어찌하실 겁니까? 분명 행이 행방을 물으실 겁니다."

"배를 탄다고 했지? 그럼 난 행이를 집으로 돌려보냈다고 할게. 그리고……."

부칠이는 옥란의 말을 기다렸다.

"그 자리에서 당자를 속이는 혼례는 못 하겠노라고 말할 테야. 이 대감님도 오신다니 맞춤한 자리잖아. 병신을 내어놓는 이 대감님도 내 뜻을 알아야 해."

그래야만 최 부사가 고집을 꺾을 거라며 옥란이는 애써 화를 삭였다.

부칠이는 그제야 옥란이가 행이를 도와주는 진짜 이유를 알았다. 옥란이 이 판서댁 도련님을 보고도 차분히 집으로 돌아갔던 건 오늘을 벼르고 있어서였다.

부칠이는 끔찍한 일을 당할 행이를 두고 제 잇속을 챙기는 옥란이 미웠지만, 행이를 구할 수만 있다면 옥란의 속뜻이 무엇이든 상관없었다. 두 집안의 혼사 따위는 아무래도 좋았다.

자시가 지나서 부칠이는 옥란을 다시 사인교에 태우고 우시장길 싸리 담 모퉁이로 갔다. 최 부사댁에서 따라온 교꾼은 비연사 아랫마을에서 진작에 돌려보내고, 뚜막이 패거리들 중 힘 좋은 네 명을 준비해 두었다. 뚜막이와 몸이 날랜 몇은 따로 할 일이 있었다.

인시(寅時, 오전 3시~5시)쯤이었다. 망을 보던 부칠이는 싸리 울타리의 한켠이 들리고 안에서 김 서방이 앞서 나오는 것을 보았다. 부칠이가 잽싸게 모퉁이를 돌아 뚜막이에게 신호를 보냈다. 잠시 후, 뚜막이가 패거리들과 함께 김 서방 앞을 막아섰다.

"웬 놈들이냐?"

호기롭게 소리치긴 했지만 김 서방은 선뜻 나서지 못하고 주위를 살폈다. 산에서 내려온 도적 떼거나 장터 왈패들일 게 뻔했다. 이럴 때를 대비해서 이 대감댁에서 싸움 잘 하는 사람을 교꾼으로 보낸 것이었다.

교꾼들이 사인교를 내려놓자마자 뚜막이가 날아올라 앞에 있는 자의 발목을 차 넘어뜨렸다. 비명을 시작으로 패거리가 교꾼들에게 달려들었다. 어둠 속에서 몽둥이가 부딪치고 사내들이 뒤엉켰다. 뒤로 빠진 뚜막이는 김 서방을 겨냥했다. 누구보다 김 서방의 혼을 빼놓아야 했다. 뚜막이는 사인교에 바짝 붙어선 김 서방 멱살을 잡아 싸리나무에 메다꽂았다. 쉿, 표창 하나가 바람을 가르며 종아리에 박히자 김 서방이 그대로 나자빠졌다. 덤으로 내지른 뚜막이 발길질에 김 서방은 숨이 넘어갈 듯 비명을 질렀다.

그때 우시장 쪽에서 또 다른 사인교 하나가 내려왔다. 부칠이가 앞장서고 만우가 뒤를 따랐다. 부칠이는 옥란이 탄 사인교를 행이가 탄 사인교 가까이 내려놓도록 한 후 김 서방에게 달려갔다.

"아니, 김 서방이 여기 어떻게? 무슨 일이에요?"

부칠이는 쓰러진 김 서방을 안아 일으켰다.

김 서방은 갑자기 나타난 부칠이를 밀어냈다. 늦은 시각에 나타난 부칠이를 의심하는 눈치였다.

"네놈은 여기서 뭘 하는 거냐?"

그때 만우가 김 서방에게 다가가 합장을 했다.

"비연사에 가신 아가씨께서 탈이 나셨습니다. 밤길을 달려 재너미로 돌아가는 길입니다."

때마침 옥란이 문을 열고 얼굴을 보여 주었다. 그제야 김 서방이 만우를 붙잡고 에구데구 살려 달라고 소란을 떨었다.

"이놈들은 다 무엇입니까? 제가 당장 포졸을 불러오겠습니다."

김 서방이 다급히 일어나는 만우를 잡았다.

"그러지 말고 한 힘이라도 보태게. 저놈들을 어찌해 보란 말이야."

만우가 김 서방을 상대하는 사이, 부칠이는 뚜막이 패거리에게 달려갔다. 뚜막이는 늘어난 머릿수에 놀란 체하며 조금씩 뒤로 물러나다가 패거리를 몰고 그 자리를 빠져나갔다.

혼이 빠진 김 서방이 만우를 잡고 뒤늦게 울분을 터뜨렸지만, 부칠이는 옥란이 병이 심상치 않아 서둘러야 한다며 사인교를 이끌고 숲으로 숨어들었다. 부칠이가 이끈 사인교에는 옥란이 아닌 행이가 타고 있었다. 놀란 행이가 정신을 잃는 바람에 만우가 주막까지 업고 와야 했다.

한참 만에 깨어난 행이는 한동안 횡설수설하며 김 서방을 찾고 어매를 찾았다.

"아무것도 모르는 누이, 불쌍한 누이, 어이쿠."

보다 못한 만우가 울음을 터뜨렸다.

"누이, 산유각 어매는 돌아가셨어. 나리가 누이를 속인 거야."

부칠이는 행이를 바로 보지 못하고 말을 보탰다.

"내가 산유각에 갔을 때 어매는 이미 돌아가시고 안 계셨어. 진작 말했으면 이런 일도 없었을 텐데. 미안해."

행이는 믿을 수가 없었다.

"그럴 리가 없어. 어매가 사인교를 보내왔단 말이야. 나리께서 김 서방과 함께 다녀오라고 하셨어."

"누이, 우리 셋이서 떠나는 거야. 더 이상 무수막에도 재너미에도 있을 수 없어."

만우는 울먹이며 혼란스러워하는 행이를 달랬다.

미색 저고리에 진홍빛 치마를 입은 행이는 어느 때보다도 고왔다. 부칠이는 예쁘게 차려입은 행이가 더 안쓰러워 보였다. 이보다 더 큰 일이 숨겨져 있었다는 걸 알면 행이가 또 정신을 놓을지도 몰랐다.

하루도 지나지 않았지만 부칠이에게는 오래된 일처럼 멀게만 느껴졌다. 지금쯤 김 서방은 풀무간에 내려놓은 사인교 안에 옥란이 있는 걸 보고 까무러치게 놀라고 있을 게 분명했다.

"뭐해?"

뚜막이 발길질에 부칠이가 화들짝 놀라 일어났다.

"벌써 다녀온 거야?"

"응, 재너미 쪽 고개 중턱에서 일을 쳤어. 말이 앞으로 꼬꾸라지는 바람에 이 대감이 말에서 떨어질 뻔했어. 말 허벅지에 표창 두 개씩을 박았거든. 말잡이들이 쩔쩔매고 이 대감과 최 부사가 잔뜩 겁을 먹었어. 풀무간까지 오자면 고생 좀 할 거야."

제 몫을 해낸 뚜막이가 부칠이를 한쪽으로 끌고 갔다.

"큰 건수가 뭐야?"

"지금은 안 돼. 어르신이 오늘 일을 끝내야 해. 그러니까 오늘 밤이나 내일쯤…….”

“무슨 수작이야? 넌 오늘 떠날 거라면서.”

순간, 뚜막이가 부칠이 몸을 꺼꾸러뜨리고 올라탔다. 패거리들이 부칠이를 둘러쌌다. 뚜막이 말 한마디면 부칠이에게 몽둥이가 쏟아질 것이다.

“좋아. 뚜막이만 따라와.”

부칠이는 뚜막이를 밀치고 일어나 옷을 털었다. 패거리들이 의심에 찬 눈으로 부칠이를 노려보았다.

“어디로 가는데?”

“어디긴 어디야. 풀무간이지.”

부칠이는 풀무간 대문으로 가다가 멈췄다. 대문 앞에서 김 서방이 옷고름을 뜯어 종아리를 싸매고 있었다.

할 수 없이 바깥 집 쪽으로 돌아가던 부칠이가 담을 넘겨다 보니, 마당에 옥란이 타고 온 사인교가 얌전히 놓여 있었다. 부칠이는 뚜막이와 함께 바깥 집 뒤에 있는 밭을 지나 뒷마당이 보이는 곳에 몸을 숨겼다.

뒷마당이 횃불로 환했다.

“네가 그동안 두드린 검이 어떤 건지 알아?”

“최 부사가 주문한 거잖아. 어르신이 그리 말씀하셨어.”

“넌 속고 있는 거야. 저건 최 부사보다 더 대단한 사람의 것이야.”

뚜막이는 부칠이를 의아하게 보았다.

“오늘 사인교를 뒤바꾸는 것과 관계가 있는 거지?”

“하마터면 저 가마에 처자가 들어갈 뻔했어.”

뚜막이는 헉하고 숨을 멈추었다.

"넌 어르신이 나라에서 맡긴 일을 하는 걸 싫어했지?"

뚜막이는 고개를 끄떡였다. 숨이 붙어 있는 어머니를 데려가서 불을 지른 관군과 그걸 알고도 잠자코 있던 도검장을 생각하면 아직도 분하고 억울했다.

"오늘 담금질이 끝나면 검을 가져가."

"그래 봤자 손잡이도 없는 검날일 뿐이잖아. 산사람들은 완성된 병장기만 거래하겠대."

"저 검이 임금 거라고 해도? 임금만이 가질 수 있는 거래도 싫어?"

뚜막이는 놀라 입이 벌어졌다.

"네가 더 잘 알잖아. 검날에 자루를 박아 넣고 숫돌에 갈기만 하면 돼. 완성품은 아니어도 검을 볼 줄 아는 사람들은 비싼 값을 쳐줄 거야. 그리고 네가 겨울 동안 힘들게 두드린 저 검들은 어차피 한 자루만 남고 다 녹아서 사라질 것들이야. 대신에 꼭 한 자루는 남겨. 그건 어르신과 시동이 목숨이야. 꼭 한 자루는 남겨야 돼."

부칠이는 뚜막이에게 연거푸 다짐을 받았다. 뚜막이는 고개를 끄떡이고는 값어치가 얼마나 될지 머리를 굴리기 시작했다.

부칠이는 좀 더 가까이서 보기 위해 싸리나무에 찔려 가며 울타리를 넘었다.

"왜 따라와?"

"갑자기 궁금해졌어."

뚜막이도 부칠이를 따라 울타리를 넘어 옆에 바짝 붙어 앉았다. 일꾼들이 가마 안에 장작을 넣고 있었다.

"못 보던 일꾼인데?"

"사인교를 메고 온 놈들이잖아. 절룩거리는 놈이 내게 발목을 차인 놈이야."

뚜막이 말을 듣고 보니 김 서방과 같이 있던 교꾼들이었다. 교꾼들이 가마 안에서 나오자 도검장이 장작으로 입구를 막기 시작했다. 부칠이는 털썩 주저앉아 한숨을 쉬었다. 가마를 막는다는 것은 모든 준비가 끝났다는 것이다.

'이대로 가마에 불이 들어가면 되는 거야. 어르신도 제물이 오지 않은 것을 다행으로 여기실지 몰라.'

더 지켜볼 것도 없었다. 이젠 최 부사를 기다리는 옥란이 알아서 할 것이다. 부칠이가 자리를 뜨려고 하자 뚜막이가 잡았다.

"고사는 봐야지."

"고사가 다 똑같지 뭐. 그만 가."

"마지막 담금질이잖아, 오늘 밤에도 검날을 작업장에 둘까?"

"이제 네가 알아서 해. 난 배를 타러 가야 한다니까."

부칠이와 뚜막이가 실랑이를 하는 사이, 이 판서와 최 부사가 뒷마당으로 들어왔다. 부칠이는 뚜막이를 싸리 울타리에 밀어붙였다.

도검장이 나아가 머리를 조아렸다.

"어서 오십시오. 걱정하고 있었습니다."

"어찌 되었나?"

이 판서가 인사도 받지 않고 물었다.

"대감님과 나리께 직접 보여 드리고 가마를 막으려고 했으나, 진시가 가까워져서 더 미룰 수가 없었습니다. 나리께서 명하신 그대로 행하였습니다."

부칠이는 어르신 말에 무릎을 쳤다. 어르신이 감쪽같은 거짓말까지 준비해 두고 있었는지는 몰랐다.

"소란은 없었나?"

"겁을 먹어서인지 부사 나리를 찾으며 헛소리를 했지만 보내 주신 일꾼들이 있어서 비교적 수월하게 치렀습니다."

"도검장을 믿고 맡긴 것이니 되었네. 시작하게."

이 판서는 하늘을 보며 서둘렀다. 직접 확인하지 못한 것이 마음에 걸렸지만 진시를 놓쳐서는 안 되기 때문이었다.

고사상 위에는 그동안 수많은 담금질로 만들어진 열 개의 검날이 고운 한지에 하나씩 싸여 마지막 불기운을 기다리고 있었다.

"오늘 밤이면 싸늘하게 식겠지. 아주 비싼 검이 된다 이거지."

뚜막이는 벌써 검을 손에 넣은 것마냥 흥분했다.

도검장이 희붐해지는 동쪽 하늘을 올려다보며 해의 위치를 가늠했다. 이어 목소리를 가다듬고 제문을 읽기 시작했다.

> 유세차, 경진년, 진월, 진일, 진시
> 천신과 지신께 아뢰나이다.
> 천하 만물의 기운을 빌려 사진참사검을 제작하오니
> 순양의 기운을 가득 채워 극양으로 음을 물리치게 하소서.

종묘와 사직을 지키고
나라의 안녕과 주인의 안위를 살펴
일각의 악문도 범접하지 못하게 하소서.
이 오묘한 신령스러움은 오직 임금을 위한 것이니,
임금님만이 지니게 하소서.

도검장이 다시 고개를 꺾어 하늘을 보자 이 판서와 최 부사도 하늘을 올려다보았다. 하늘이 밝아 오고 있었다. 도검장이 가마 앞에 꽂아 놓은 횃불을 주자, 이 판서가 장작 사이에 있는 짚에 불을 붙이고 횃불을 최 부사에게 건넸다. 최 부사는 반대편 짚에 불을 붙였다. 가마를 막은 장작더미로 불이 조금씩 옮겨 붙었다.

하늘은 정(精)을 내리시고 땅은 영(靈)을 도우시니
해와 달이 모양을 갖추고
산천이 형태를 이루며 뇌우가 몰아치도다.
현좌(玄坐)를 움직여 산천의 악한 것을 물리치고
현묘한 도리로서 베어 바르게 하라.

도검장은 우렁찬 목소리로 제문을 마저 읽어 내려갔다.

이윽고 불이 가마 입구를 덮었다. 제문이 불 속으로 떨어지자 모두가 가마에 절을 했다. 부칠이는 벌떡 일어나 싸리 울타리를 넘어 바깥집으로 뛰어갔다. 사진일이 지나고 있었다. 이제는 가마 안에 제물이 없다는 사실을 알아도 어쩔 수 없었다. 가마 안으로 맹렬히 빨려드는 불길을 그 누구도 막을 수 없을 터였다.

"아가씨! 이제 나오십시오. 나오셔도 됩니다."

뚜막이가 펄떡대는 부칠이를 잡았지만 소용없었다. 부칠이는 마당에 있는 사인교 앞으로 뛰어가며 미친 듯이 웃어 젖혔다. 손도 댈 수 없던 바위가 돌팔매질에 바스라지는 꼴을 보고 싶었다. 기고만장한 이 판서와 최 부사가 무너질 것을 생각하니 통쾌했다. 안집에서 뒷마당을 훔쳐보고 있던 교꾼들이 고함을 치는 부칠이에게 달려들었다.

"아가씨, 진시입니다. 가마에 불이 활활 붙었습니다! 하하하."

부칠이는 사람들을 뿌리치고 사인교 문을 열었다.

퍽!

갑자기 부칠이 눈앞이 까매졌다.

댕기만 남았다

만우가 바지춤을 잡고 방으로 들어오다가 부칠이가 일어나 앉는 것을 보고 후다닥 문을 닫았다.

"형님, 정신이 들어?"

부칠이는 지끈거리는 머리를 싸쥐고 주위를 두리번거렸다.

"여긴 어디야? 어떻게 된 거야?"

"그건 내가 할 말이야. 어떻게 된 거야? 첫 배를 타기로 해 놓고 아무리 기다려도 오지 않고. 누이가 얼마나 애를 태웠는데. 그런데 뚜막이가 형님을 업고 주막으로 왔어. 형님이 자기 일을 다 망치겠다고 호들갑을 떨잖아. 할 수 없이 비연사로 와서 암자로 올라왔어. 뚜막이 말로는 머리를 맞고 쓰러졌다던데?"

부칠이는 풀무간 마당으로 뛰어들어 옥란을 부른 기억이 났다.

"뚜막이하고 나하고 형님을 번갈아 업고 왔어. 기운도 못 차리는 누이까지 겨우 올라왔다니까."

"뚜막이가 날 업고?"

만우가 고개를 끄떡이고는 목소리를 낮췄다.

"하마터면 큰일 날 뻔했어. 마님이 비연사에 계시다는 걸 깜빡했잖아."

"참, 마님이 여기 계시지."

"마님께는 아가씨를 댁까지 잘 모셔다 드렸다고 하고 마님을 모셔 갈 사인교는 모레쯤 올 거라고 해 두었어."

유모는 산을 내려가는 뚜막이에게 맡겼다고 했다.

"행이는? 괜찮아?"

"누이는 할매와 함께 법당에 갔어. 돌아가신 산유각 어매를 위해 기도하고 싶다고 해서. 마님과 마주치지 않으려면 부처님에게는 밤에 가는 수밖에 없잖아."

부칠이는 방문을 열어젖혔다. 어둠이 짙은 한밤중이었다. 꼬박 한나절이나 정신을 잃고 있었던 것이다. 더 늦기 전에 떠나야 했다. 이 판서와 최 부사가 옥란이까지 끌어들여 일을 망친 걸 알면 부칠이와 행이를 가만두지 않을 것이다.

만우가 급히 절로 내려가 행이를 데리고 오면서 할머니를 업고 올라왔다. 행이는 깨어난 부칠이를 보고 옥란의 안부부터 물었다.

"나리가 풀무간으로 오셨으니까 걱정하지 마. 김 서방이 잘 모셨을 거야."

부칠이는 이곳을 떠나 멀리 갈 때까지는 행이가 사진검 제물이 될 뻔했던 사연을 숨기려고 했지만 이젠 그럴 수도 없었다. 행이도 일이 어떻게 되어 가는지 알아야 했다.

부칠이는 그동안의 일을 차분히 이야기했다. 행이가 사진검 제물이 될 뻔했다는 대목에서 할머니가 행이를 꼭 안아 주었다.

"다 내 탓이야. 이 대감과 최 부사에게 꼬박꼬박 행이 행동을 일러바친 꼴이 돼 버렸잖아."

부칠이가 눈을 질끈 감았다. 미안해서 행이 얼굴을 제대로 볼 수가 없었다. 행이는 터져 나오는 울음을 꺼억꺼억 안으로 밀어 넣었다.

할머니가 행이 등을 쓸었다.

"아가, 뱉어라. 다 뱉어 내야 한다. 울어라. 울어서 다 흘려 버려라."

행이는 한참 만에야 삼키던 울음을 쏟아 내기 시작했다. 한번 시작된 울음은 길고도 처절했다.

"어찌 이리도 험하지요? 태어나면서부터 지금껏, 제겐 어찌 이리도 무서운 일들이 일어나지요? 할머니, 전 도무지 모르겠어요. 이제 전 어찌 살아야 해요?"

행이는 숨이 넘어갈 듯 울다가도 끓어오르는 억울함을 토해 냈다. 보다 못한 할머니가 행이를 눕히고 무릎을 내어 주었다.

"태어난 목숨인 걸 어쩌겠누? 슬퍼도 살고 아파도 살아라. 꽃이 져도 살고 뿌리가 잘려도 살아라. 어려서 살고 늙어서도 사느니라. 목숨은 살라고 주는 것, 사는 만큼 죽는 것도 힘든 게야. 온팡 다 살아야 죽는 게지. 가는 날까지는 그렇게 흘러가는 게지."

울음을 따라 읊조리는 할머니 말소리가 긴 밤 아기를 재우는 자장가처럼 나지막이 이어졌다.

법고 소리가 울렸다. 낮으면서도 길게 이어지는 소리가 잠든 산을 깨웠다.

날이 밝기 전에 떠나려던 부칠이는 행이를 보고 그대로 주저앉았다. 행이 얼굴은 바스라질 듯 핏기가 없었다. 당장 이곳에서 나간다고 해도 숨을 곳이 있는 것도 아니었다. 다만, 뚜막이를 믿어도 될까 하는 의심이 들었다. 행이가 숨어 있는 곳을 도검장에게 말하면 큰일이었다. 그래도 자신을 산속까지 업고 온 뚜막이를 믿어 보는 수밖에 없었다. 지금쯤 뚜막이는 담금질을 끝낸 검신을 챙겨 배를 탔을 것이다. 만우는 종일 누운 행이를 돌보고 부칠이는 내일 떠날 때 소용될 물건을 할머니에게 구해다 짐을 꾸렸다.

해가 기울기 시작할 때쯤 뚜막이가 암자로 올라오는 것이 보였다. 부칠이는 깜짝 놀라 뒤따라오는 사람이 없는지 아래를 살폈다.

부칠이가 서둘러 뚜막이를 안으로 들이고 따져 물었다.

"왜 또 온 거야?"

"겨우 살려 주었더니 이럴 거야?"

부칠이는 궁금한 것이 너무 많았다. 뚜막이가 숨을 돌리고 그동안의 일을 말해 주었다.

"유모는 얼마나 겁을 먹었던지 옥란 아가씨가 보낸 사람이라고 해도 믿지 않더라. 중놈하고 한패가 아니냐고?"

뚜막이는 씩 웃으며 만우에게 고갯짓을 했다.

부칠이는 뚜막이를 재촉했다.

"그래서? 빨리 말해 봐."

"그래서는 뭘. 재너미까지 데려다 주었더니 그제야 내 손을 잡고 고맙다고 하더라. 내가 너희를 위해 유모에게 살짝 거짓말을 해 뒀어."

"뭐라고?"

"유모를 잡아 둔 건 아가씨가 시킨 일이라고. 행이가 있는 산유각에 데려다 주지 않으면 옥란 아가씨가 행이를 별당에서 쫓아내겠다고 하는 바람에 만우도 어쩔 수 없었다고."

모두가 뚜막이의 다음 말을 기다렸다.

"난 왜 아직도 무수막에 있냐고? 네가 소란을 떠는 바람에 어제는 밤새 일꾼들이 풀무간을 지켰어. 오후에 일꾼들이 돌아가는 걸 보고 이리로 올라왔어. 내일 새벽엔 꼭 풀무간을 털어 배를 탈 거야."

알고 보니 부칠이 머리를 내려친 건 뚜막이었다. 말을 마친 뚜막이가 산에서 내려가려고 일어났다. 무릎에 얼굴을 묻고 있던 행이가 고개를 들었다.

"아가씨를 만나고 싶어."

모두가 놀라 행이를 보았다.

"떠나기 전에 아가씨를 뵙게 해 줘. 들키지 않을게. 조심할게."

행이는 간절한 눈으로 부칠이를 바라보았다. 눈치를 살피던 만우가 답했다.

"형님, 그렇게 하자. 아가씨가 누이를 구해 주었는데 고맙다는 인사는 하고 가야지."

부칠이는 파리하게 질린 행이 얼굴을 보니 차마 거절할 수가 없었다. 산유각 어매를 잃은 행이에게 남은 사람은 옥란이밖에 없었다. 제 잇속을 위해서라고는 하지만 행이 목숨을 구해 준 은인이었다.

부칠이, 뚜막이, 행이, 만우는 할머니에게 인사를 하고 산에서 내려왔다. 할머니는 만우 손을 잡고 꼭 다시 오라며 눈물을 훔쳤다. 만우가 달빛도 없는 길을 앞장섰다. 다들 생각에 빠져 있는지 산을 내려가는 동안 말이 없었다. 접동새가 발소리에 맞춰 울었다. 삼거리 당산나무 아래에서 할머니가 싸 준 주먹밥을 나눠 먹었다. 자시가 넘은 시각이었다.

행이는 고개를 오르면서부터 식은땀을 흘리며 힘들어했다.

"행이야."

부칠이가 행이 앞을 막고 가만히 등을 내밀었다. 행이가 망설이자 부칠이가 행이 다리를 잡아 덥석 업었다. 버둥대던 행이가 하는 수 없이 부칠이 목에 살그머니 팔을 둘렀다. 부칠이는 행이를 추스르고 성큼 걸음을 옮겼다. 온몸으로 전해 오는 따스한 무게감에 힘이 났다. 잠시 후 부칠이 어깻죽지가 축축해졌다. 행이가 또 울고 있었다.

고개를 다 올라와서 땅으로 내려선 행이는 부끄러워서 부칠이를 마주 보려 하지 않았다. 부칠이는 앞서가는 뚜막이를 따라잡았다. 더 늦기 전에 뚜막이에게 묻고 싶은 게 있었다.

"어르신이 아버지가 아니라고 했던 말, 무슨 뜻이야?"

한동안 말이 없던 뚜막이가 이야기를 시작했다.

"우리 어머니는 장터 거지였대. 누구는 광대 패를 따라다니다가 무수막에 남겨졌다고도 하고, 또 다른 사람은 문둥이 마을에서 도망을

친 거라고도 하고. 말 못 하는 거지를 어르신이 거두어 부엌데기로 쓰신 거야. 그러다 날 낳았는데, 아무리 생각해 봐도 어르신은 내 아버지가 아니야. 안사람으로 들이지 않았더라도 내가 아들이라면 죽은 사람 기일 정도는 챙겼어야지. 어르신은 장독간에 물 한 사발 떠 놓고 엎드려 있는 나를 보고 호통만 치셨어. 내가 술에 취해서 아무 데서나 자는 줄로 알았던 거야. 이번 가마에 불을 넣을 때 나를 철저히 제외시킨 걸 보고 혹시나 하고 남아 있던 기대도 버렸어."

부칠이는 놀라서 그 자리에 멈췄다. 벙어리댁이 장터 거지였다는 건 까맣게 몰랐다. 부칠이와 분이도 아비를 잃어버린 후엔 장터 거지나 다름없었다. 부칠이는 매번 따스한 것을 챙겨 주던 벙어리댁 생각이 났다. 벙어리댁 눈에는 풀무간으로 찾아오는 떠돌이 아이들이 유난히 눈에 밟혔을 것이다.

"훔쳐 가는 것들은 숨이 붙어 있는 어머니를 내다 버린 값이라고 해도 좋아."

체념한 듯 웃던 뚜막이는 얼마쯤 더 따라오다가 걸음을 멈추었다.

"새벽에 배를 구하지 못하면 나루터에서 뚝섬 쪽으로 와. 거기에서 짐을 실을 거야."

뚜막이는 다시 만날 것이라고 생각하는지 인사도 없이 오던 길을 뛰어갔다.

"잘 살아라. 잡히지 말고 잘 살아!"

부칠이는 더 이상 뚜막이 패거리와 얽히고 싶지 않았다. 뚜막이가 뛰어간 곳에선 아무런 답이 없었다. 뚜막이도 결국 길가에 떨어진 돌멩이 같은 놈이었다.

부칠이와 만우, 행이는 최 부사댁 별당이 있는 바깥담에 붙어 섰다. 인시가 가까웠다. 만우가 자목련 가지가 넘어온 곳에 엎드려 담을 넘는 부칠이를 도와주었다. 제 시절을 만난 자목련은 등을 켠 듯 붉은 봉오리를 하늘로 켜켜이 세우고 있었다.

별당엔 큼지막한 유모 짚신 한 켤레만 보였다. 부칠이는 살그머니 옥란이 방문을 열었다. 잠자리도 펴져 있지 않은 방은 텅 비어 있었다. 유모 방에도 아무도 없었다. 옥란이 일으킨 소동으로 거처를 안채로 옮기라는 최 부사의 명이 떨어졌는지도 몰랐다.

부칠이는 어떻게 할까 궁리를 했다. 안채로 가서 옥란을 불러내기란 쉽지 않았다. 그때 유모가 누군가와 함께 별당으로 들어왔다. 도망칠 기회를 놓친 부칠이는 마루 밑으로 기어 들어갔다.

"못 찾았는가?"

"못 찾았다니까. 재너미로 온 것은 확실한 거야?"

"아직도 행이와 함께 계시려나? 하이고, 또 나만 죽어나게 생겼네. 마님이 오시기 전에 돌아와야 할 텐데."

걱정을 하는 유모를 내버려 두고 하인 둘이 수군거렸다.

"그 말이 사실일까? 정말 산 사람을 궤에 넣고 그랬을까?"

"쉿! 교군이 제 손으로 궤를 가마 안으로 옮겼다지 않나? 장작을 넣고 불을 붙이는 것까지 다 보았다고 하지 않던가."

또 다른 하인이 고개를 끄떡이며 저고리 품에서 무언가를 꺼내 흔들어 보였다.

"허, 참. 자네 그거 팔 생각인가?"

"아무렴. 나는 술 한 사발에 얻었지만 팔 때엔 술이 문제겠는가? 검에 혼을 불어넣은 아이 것이라면 무당 집이나 잡귀를 쫓는 곳에서 서로 가지려고 할걸."

"그런데 뉘 집 여식일까?"

"알 게 뭐야? 노름꾼이 노름빚으로 넘겼을 테지. 어차피 굶어 죽거나 청으로 넘겨질 여식, 값이나 두둑이 받으면 그만이었을 테지."

둘을 멀뚱히 쳐다보던 유모가 하인 손에 있는 것을 보더니 깜짝 놀랐다.

"이게 뭔가? 이게 어쨌다는 말인가?"

"유모는 몰라도 되네. 괜히 말이 나면 값만 떨어지네."

하인이 손의 깃을 접으려 하자 유모가 후다닥 빼앗았다.

"이건 목련을 수놓은 게 아닌가? 이게 어디서 났나?"

유모가 손에 쥔 것을 흔들며 흥분했다.

부칠이는 유모 손의 것을 보려고 목을 길게 빼었지만 어두워서 잘 보이지 않았다. 바람이 불어 마루 아래로 먼지가 날아들었다.

"교꾼에게 샀네. 처자가 떨어뜨린 거라고."

하인은 유모 손에 있는 것을 다시 가져갔다. 부칠이는 눈을 부릅떴다. 그것은 여인네들이 머리끝에 드리는 댕기였다.

하인은 유모 반응이 심상치 않음을 느꼈던지 말을 덧붙였다.

"아는 집 처자인가? 교꾼 말로는 마지막까지 악을 쓰며 주는 약을 먹지 않으려고 해서 고생했다고 하더군. 그래도 금방 잠이 드는 약이어서 뜨거운 것도 아픈 것도 모르고 조용히 갔을 거라네. 부모를 알면 그 말만 전해 주게."

부칠이는 몸이 굳어 버렸다.

유모가 떨리는 목소리로 물었다.

"이게 무슨 해괴한 말인가? 처자가 어떻게 되었다고? 어떻게 생겼다던가? 얼굴이 갸름하다던가? 아니면 둥글고 큰 점이 있다고 하던가?"

"생김새까지는 묻지 않아 모르네만, 노름꾼 여식으로는 아까운 인물이라고 하더군."

하인 둘이 댕기를 챙겨 별당을 나가자 유모는 주저앉아 가슴을 쳤다.

"하이고, 저게 풀무간에는 왜 가 있다냐? 아가씨 것인지, 행이 것인지. 서로 바꾸고 또 바꾸는 바람에 알 수 없네."

'교꾼이 풀무간에 데려다 준 처자? 아가씨는 없고, 댕기만 남았다?'

순간 부칠이는 눈앞이 깜깜했다.

바람이 사나워졌다. 유모 치마가 뒤집어지고 나무들이 흔들렸다. 비가 날리기 시작했다. 비바람에 정신이 들었는지 유모가 벌떡 일어나 별당을 나갔다.

부칠이도 허겁지겁 별당 마당을 가로질렀다. 세찬 비바람에 자목련이 봉오리째 뚝뚝 떨어져 내렸다. 겁에 질린 부칠이는 담에 오르지 못하고 자꾸만 미끄러졌다. 겨우 담 위로 몸을 올려놓았지만 힘을 쓰지 못하고 그대로 밖으로 떨어졌다.

사람은 모두 진짜

"마님, 등짐장수가 부탁하신 무명을 가지고 왔다고 합니다."

"그런 부탁을 한 일이 없네."

행이는 대문 밖 출입을 하지 않았고, 여태껏 장사치를 집 안으로 부른 적도 없었다.

"그리 말했지만 분명 마님께서 두둑한 누비옷을 지을 것으로 가지고 오라고 하셨답니다."

달포만 지나면 모시 적삼을 꺼낼 하지인데, 겨울 누비옷이라니? 참으로 이상했다. 행이는 문득 수년 전 처음으로 지어 본 누비옷이 생각났다.

"이리로 데려오게."

행이는 이 판서댁으로 오면서 가장 어려운 일이 하인들을 아랫사람으로 대하는 것이었다. 그러다 보니 자연히 말투가 조심스러웠다. 서방님은 그런 행이 모습을 오히려 예뻐하였다.

"어찌 마음이 그리 어지시오? 아랫사람을 위하는 태도가 참으로 따뜻합니다."

행이는 칭찬하는 서방님에게 송구하기만 했다.

서방님은 소문대로 몸이 불편했지만 성품 또한 소문대로 자상하고 다정했다. 행이는 몸이 불편한 서방님을 보고도 놀라지 않았다. 그 무렵, 행이에게는 더 놀랍고 무서운 일투성이였다. 오히려 온화한 서방님이 옆에 있어 준 덕에 마음을 가라앉히고 안정을 되찾을 수 있었다.

이윽고 패랭이를 쓰고 등짐을 멘 사내가 보따리를 안고 마당으로 들어왔다. 사내는 댓돌에 올라서서 보따리를 마루에 내려놓고 고개를 들었다. 부칠이었다.

부칠이가 축축한 눈으로 행이를 올려다보았다. 치마를 꼭 잡은 행이 손이 파르르 떨렸다. 부칠이는 보따리를 행이 쪽으로 밀어 놓았다.

"마님, 지난겨울 부탁하신 것을 가지고 왔습니다. 마님께서 천천히 쓸 것이라 하시어 이제야 왔습니다."

부칠이는 마당에 있는 하인을 의식하고 깊숙이 절을 했다.

"유모를 불러오게."

행이는 놀란 마음을 들키지 않으려 얼른 방으로 들어왔다. 하인이 마당에서 나가는 것을 본 뒤에야 부칠이를 방으로 들였다. 행이는 부칠이와 마주 앉자 눈물이 왈칵 쏟아졌다. 부칠이도 연신 눈가를 문질렀다. 둘은 한동안 아무 말 없이 눈물만 훔쳤다.

최 부사댁에서 따라온 인실댁이 다과상을 들고 왔다.

"친정에 있을 때부터 잘 아는 장사꾼이네. 친정 소식도 들을 겸 두어 식경 머물다 갈 것이니 그리 알게."

평소에도 말이 없는 인실댁이 조용히 문을 닫았다. 행이가 산속 초가에서 어매를 기다릴 때 돌보아 준 아주머니였다. 이젠 내 사람이라고 믿고 싶지만 인실댁이 최 부사댁으로 달려가서 수상한 장사꾼이 들었다고 일러바쳐도 어쩔 수 없었다. 부칠이를 이대로 보낼 수는 없었다.

부칠이는 몰라보게 성숙해진 행이를 찬찬히 뜯어보았다.

"잘 지내는 것 같다."

"오라버니는 어떻게 된 거예요? 내가 여기 있는 건 어떻게 알고?"

"장터에서 들었어. 옥란 아가씨가 그렇게 가셨는데 두 집안이 사돈이 되었다고 하더라고. 너야말로 어떻게 된 일이야?"

행이는 울음을 삼키고 긴 한숨을 쉬었다. 어디서부터 이야기를 해야 할지 막막했다. 따스한 차 한 모금에 마음을 다독인 행이는 삼 년 전 최 부사댁 담 밑에서 부칠이를 기다리던 때를 떠올렸다.

바람이 많이 불어 몹시 추웠다. 행이와 만우는 담에 바짝 붙어 앉았다. 지난밤 인실댁이 입혀 준 고운 옷은 산속 암자에 벗어 두고 할머니가 내어 준 옷으로 갈아입은 터였다. 덧대어 기운 자국이 있는 저고리는 봄바람을 막기에는 너무도 얇았다.

얼마나 시간이 지났을까? 회오리바람 끝에 비가 퍼붓기 시작했다. 부칠이가 담을 올라오는 소리가 들렸다. 한참을 낑낑대며 올라와서는 담 위에 엎드려 내려오지 못했다. 만우가 억지로 끌어내리자 부칠이는 바닥으로 떨어져 정신을 잃었다.

"안에서 무슨 일이 있었던 거야?"

행이와 만우는 안절부절 어쩔 줄 몰랐다. 잠깐 사이에 셋은 흠뻑 젖어 버렸다. 정신을 잃은 부칠이를 빗속에 눕혀 놓을 수 없었다. 잠시 후면 날이 밝을 것이다.

"형님, 이틀 연속 이게 무슨 꼴이우?"

만우가 또다시 부칠이를 들쳐 업었다. 퍼붓는 비를 뚫고 무작정 무수막 고개로 향했다.

담을 돌아 막 최 부사댁 대문을 벗어났을 때였다. 갑자기 최 부사댁에서 사람들이 쏟아져 나왔다. 행이와 만우는 다급하게 숨을 곳을 찾았지만 소용없었다. 순식간에 하인들이 달려들어 부칠이를 빼앗아 가고 만우에게 발길질을 했다. 행이도 두 팔이 붙들려 끌려갔다. 모든 일이 삽시간에 벌어졌다.

행이는 던져지다시피 사람들 손에서 놓여났다. 비에 흠뻑 젖어 떨리던 몸이 조금씩 따스해졌다. 정신을 차리고 보니 최 부사가 있는 사랑방이었다. 보료에 꼿꼿이 앉은 최 부사가 행이를 보고 있었다. 행이는 아무 데나 숨어 들어가고만 싶었다. 어두웠던 방이 조금씩 밝아지고 햇살이 환하게 들어올 때까지 최 부사는 행이를 내버려 두었다.

마침내 최 부사가 말했다.

"이걸 보아라. 유모는 행이 네 것이라고 하던데, 누구 것이냐?"

행이 앞에 연분홍 비단에 막 봉오리가 터진 탐스러운 백목련이 수놓인 댕기가 놓였다.

"누구 것이냐?"

최 부사 재촉에 행이가 머리에 드리운 젖은 댕기를 풀어서 옥란이 것 옆에 나란히 놓았다. 인실댁이 새 옷을 내어 줄 때도, 암자에 옷을 벗어 놓고 올 때도 댕기만은 그대로 드리고 있었다. 행이가 풀어 놓은 댕기에는 자목련이 수놓여 있었다.

"아가씨 것입니다. 함께 수를 놓은 것입니다."

"옥란인 항상 자목련만 수놓았다고 했다. 그런데 어떻게 이것이 옥란이 것이 되었느냐?"

최 부사는 행이가 옥란의 것을 훔치기라도 한 것처럼 다그쳤다.

"이번에도 아가씨는 자목련을, 저는 백목련을 수놓았는데, 다 만들고 보니 자색 목련이 분홍 비단에 묻혀 버렸다고, 아가씨가 제 것과 바꾸자고 했습니다. 아가씨에게 물어보시면 제 말이 사실이라는 걸……."

최 부사가 자리에서 벌떡 일어났다. 행이가 놀라 고개를 들자, 최 부사가 고함을 치며 서궤를 들어 올렸다. 행이는 서궤가 머리로 떨어지는 것을 보고 눈을 감았다.

밤새 사내들이 울부짖었다. 소리는 한곳에서 들리다가도 때론 메아리처럼 사방에서 울렸다. 밤낮을 가리지 않고 무작스럽게 패는 소리에 행이는 부칠이와 만우가 진작 망가졌을 거라고 생각했다. 행이는 울다가 쓰러지기를 반복하며 며칠 동안이나 건밤을 보냈지만 살바람만 드나들 뿐, 아무도 행이가 있는 광을 들여다보지 않았다. 이대로 가다가는 죽어서야 이 집을 나갈 것 같았다.

나흘째 되던 날, 환한 낮에 최 부사가 행이를 찾아왔다. 몹시 지친 표정이었다. 바쁜 대낮에도 발소리조차 들리지 않을 만큼 집 안이 조용했다. 핏발이 선 최 부사 눈에는 독기가 가득했다.

"옥란이 죽었다. 너 대신 죽었단 말이다."

행이가 고개를 들었다. 너무나 놀랍고 무서워서 말이 나오지 않았다.

"나는 다 잃었다. 재물도 권력도 다 잃어버렸다. 네놈들도 살아서는 못 나간다."

최 부사가 나가고 잠시 후 비명이 울렸다.

행이는 귀를 틀어막고 울었다. 분에 못 이겨 부칠이와 만우에게 매를 휘두르는 최 부사 모습이 눈에 선했다. 최 부사가 사인교에 타라고 부추길 때 듣지 말걸. 옥란이 저를 대신해 풀무간으로 간 것을 알았을 때 나서서 말릴걸. 아님, 아님……. 행이는 수도 없이 후회하고 후회했다. 한 번씩 시샘을 하고 혼쭐을 내어 행이를 힘들게 한 옥란이었지만 행이에게는 어매 다음으로 가깝게 지낸 사람이었다. 행이는 죽은 옥란을 위해 아무것도 할 수 없었다. 곧 숨이 끊어질 만우와 부칠이를 위해서도 아무것도 할 수 없었다. 모든 것이 행이를 도와주려다 일어난 일이었다.

이제는 비명이 누구의 것인지 구분이 되지 않았다. 고통에 못 이겨 쥐어짜는 듯한 신음은 만우 것도 부칠이 것도 똑같이 들렸다. 행이는 바닥에 이마를 찧어 댔다. 모두가 죽었다. 낳아 준 어미가 죽고, 키워 준 산유각 어매가 죽고, 동무 같은 옥란이도 죽었다. 이젠 아무 대가도 없이 자신을 구해 준 부칠이와 동생 만우까지 죽게 생겼다. 내가 다 저질렀다. 귀한 목숨을 몇이나 더 잡아먹어야 한단 말인가. 차라리, 차라리……. 행이는 자신의 존재가 죄스러웠다.

행이의 이마에서 피가 흘렀다. 만우와 부칠이의 비명이 행이를 애타게 찾는 소리로 들렸다. 행이는 둘을 이대로 죽게 내버려 둘 수는 없었다. 할머니는 어떻게든 살아야 한다고 했다. 분명 방법이 있을 것이다. 더 잃을 게 없는 행이는 만우와 부칠이를 위해서라면 마지막 남은 목숨도 내어 줄 각오가 되어 있었다.

행이는 날이 밝자마자 최 부사를 찾았다. 광문을 두드리며 최 부사를 불러 달라고 애원하다가 물을 가져온 하인에게 악착같이 매달렸다.

"나리께 혼례 날짜가 얼마 남지 않았다고 전해 주세요. 꼭 그렇게 전해야 해요."

늦은 밤, 광문이 열렸다.

행이가 최 부사 앞에 쓰러지듯 앉았다.

"나리께서는 재물도 권력도 잃었다고 하셨지요? 제가 그것을 찾아드리면 만우와 부칠이 오라버니를 살려 주시겠어요?"

최 부사가 놀라 눈을 치켜떴다.

"사람들이 제가 누구인지 몰랐던 것처럼 아가씨가 누구인지도 모를 것입니다. 원하신다면 제가 옥란 아가씨가 되겠습니다. 옥란 아가씨만이 나리를 제자리로 돌려놓을 수 있습니다."

최 부사가 몸을 부르르 떨었다.

옥란이 비록 아들이 아닌 남의 집 식구가 될 여식이었다지만, 최 부사에게는 하나밖에 없는 자식이었다. 그런 자식이 자신이 놓은 불에 끔찍하게 죽어 갔다. 옥란을 잃는다는 건, 무남독녀 외동딸을 잃는 것 그 이상이었다. 옥란이 사라진 지금, 이시년 판서댁 사돈 자리도 사라졌다. 조정으로 가는 길도, 사진검을 위해 들인 비용을 거둬들일 기회도, 옥란과 함께 한순간에 잿더미가 되어 버렸다. 이 판서가 일이 잘못 되었다는 사실을 아는 건 시간문제였다. 그런 최 부사의 처지를 행이가 정확히 꿰뚫고 있었다.

최 부사는 되바라지게 자신을 똑바로 쏘아보고 있는 행이를 보며 이를 악물었다. 당장 목을 비틀어도 시원찮을 아이에게 손끝 하나 대지 못한다는 게 치가 떨릴 만큼 분했다. 행이는 더 이상 최 부사 눈빛 한 번에 움츠러들던 약한 아이가 아니었다. 최 부사가 진정 무엇에 절망했는지 아는 아이였다.

"저는 별당으로 가겠습니다. 만우와 부칠이 오라버니가 며칠 내로 떠날 수 있도록 돌봐 주십시오."

행이는 최 부사의 답을 기다리지 않고 사랑채를 나와 발을 끌며 별당으로 갔다. 두려움과 흥분으로 떨리는 몸을 끌고 옥란이 쓰던 방으로 들어가 쓰러졌다.

깜깜한 밤에 행이는 잠에서 깨어났다. 어디선가 문풍지가 우는 듯, 끊어졌다 이어지는 울음소리가 들려왔다. 어느 겨울밤, 옥란이 마루에 나와 흐느끼던 울음과 닮아 있었다. 방은 따뜻했고 이불은 부드럽고

푹신했다. 익숙한 향기가 날아들었다. 행이는 달빛이 들어오는 문을 열었다. 바람이 세차게 불어 꽃잎이 마루로 날렸다. 백목련 꽃잎이었다.

'아! 봄이었지.'

행이는 누워 있던 어두운 방을 살폈다. 벽에 걸린 부귀옥당 족자가 펄럭였다.

꿈인 줄 알았던 울음소리가 다시 들렸다. 비녀도 없이 땋은 머리를 늘어뜨린 박씨 부인이었다. 부인은 자목련을 안고서 옥란이를 부르며 흐느끼고 있었다.

행이는 모든 게 꿈속인 것만 같았다. 자신이 옥란이의 방에 누워 있었던 것도, 박씨 부인이 어둠 속에서 울고 있는 것도 비연사에서 본 지옥 불 그림 속으로 들어온 것만 같았다.

이젠 완연한 봄이었다. 꽃이 떨어진 자리에 잎이 돋았다. 별당엔 의원이 드나들었고 행이를 돌볼 사람이 왔다. 산속 외딴집에서 행이와 함께 있던 인실댁이었다.

행이가 몸을 추스르고 있던 어느 날, 최 부사가 만우를 데려왔다. 따로 잡혀 있던 부칠이는 며칠 전에 달아났다고 했다. 행이는 최 부사 말을 믿을 수밖에 없었다. 눈두덩이 붓고 얼굴에 멍이 든 만우는 행이를 보고 어리둥절해하다가 이내 상황을 알아차리고 울기 시작했다.

행이는 만우 얼굴을 볼 수 있는 것만으로, 만우가 살아 있다는 것만으로도 좋았다.

"멀리, 아주 멀리 가서 살아."

행이가 만우 손을 끌어다 잡았다. 만우에게 먼저 손을 내민 건 처음이었다.

행이는 다시는 세상에 나오지 말라고, 큰스님을 따라가라고 말하고 싶은 것을 참아야 했다. 만우가 가는 곳을 최 부사에게는 비밀로 하고 싶었다. 최 부사가 봇짐을 내어 주며 만우를 재촉했다. 만우가 다리를 절며 방에서 나가자 최 부사가 방문을 닫았다. 행이에게 따라 나오지 말라는 뜻이었다.

행이는 만우를 보낸 밤을 마지막으로 이야기를 끝마쳤다. 눌러 놓았던 슬픔이 한꺼번에 올라와 가슴이 먹먹했다.

부칠이가 말했다.

"그러고 보니, 사진일 새벽에 김 서방이 풀무간 안으로 들어가지 않고 밖에 있었어. 어르신이 아무도 들이지 않았겠지만, 김 서방만 있었어도 아가씨를 알아봤을 텐데. 어르신은 최 부사댁에서 너를 한 번 봤어도 어두운 새벽에 알아보기가 힘들었을 테고."

부칠이 말을 듣고 보니 옥란의 죽음이 더 안타까웠다. 행이는 부칠이 앞으로 찻잔을 밀어 주었다.

부칠이는 콧물을 훌쩍이고 말을 이었다.

"만우와 나는 다른 곳에 잡혀 있었어. 고함과 신음이 들리는 걸로 봐서 만우도 나처럼 흠씬 두들겨 맞았을 거야. 그러다 먹을 것을 넣어 주더라고, 더 이상 매질도 하지 않았고. 그래서인지 문을 지키는 하인도 마음을 놓았나 봐. 어느 날 새벽에 뚜막이가 왔어. 잘 걷지도 못하는 나를 멍석에 말아 지게에 지고 갔어. 아마도 죽은 사람을 묻으러 가는 것으로 눈속임을 하려고 했겠지. 깨어나 보니 배 안이었어."

"뚜막이? 그 사람은 풀무간을 털어서 달아난다고 하지 않았어?"

부칠이는 고개를 끄떡였다.

"뚜막이는 첫 배가 뜨고도 우리가 나루터에 오지 않은 것을 보고 이상하게 생각했대. 그날 새벽 비바람이 심했잖아. 뚜막이 패거리가 타고 가기로 한 배는 사공이 겁을 먹고 강을 건너지 않으려고 해서 웃돈을 주고 배를 빼앗다시피 했대. 어르신을 묶어 두고 풀무간 것을 두 수레나 싣고 나왔다나 봐. 사공도 없이 떠났는데 물건도 많이 실은 데다가 비바람까지 사나워서 배가 방향을 잃었다지. 거기다 몫을 나누는 걸 두고 싸움까지 붙어서 결국 배가 뒤집혔대. 풀무간에서 가지고 온 것들은 몽땅 가라앉고 뚜막이와 몇 명만 겨우 살아났고. 뚜막이는 사나흘 숨어 지내다가 다시 재너미로 와서 우리 행방을 수소문했대."

부칠이는 뚜막이와 강화에서 헤어졌다.

"난 삼 년 동안 장사꾼들을 따라 국경 근처까지 갔다 왔어. 만우 소식은 어제 비연사에서 할머니에게 들었어. 큰스님을 따라 강원도로 갔대. 할머니는 만우가 크게 될 거라며 나더러 속세로 끌어들이지 말라고 윽박지르더라고."

"그랬구나. 큰스님을 따라갔구나. 잘됐어. 잘된 일이야……. 만우는 이렇게 사는 나를 용서할까?"

결국 행이는 울음이 터졌다.

부칠이는 이 판서댁 며느리로 사는 행이를 탓하고 싶지 않았다. 삼 년 동안 장사꾼들을 따라다니며 많은 것을 보았다. 어디를 가든 누이

들이 있었다. 어리고 여린 누이들이 우물가에서, 집 안에서 제 몫을 하고 있었다. 우마와 같은 대접을 받으면서도 사람의 도리를 지키며 살아야 하는 누이의 삶을 보아 온 부칠이는 행이를 이해할 수 있었다. 행이가 택한 것은 동생을 살리고자 하는 누이의 본능 같은 것이었다.

부칠이가 등짐에서 천으로 길게 말려 있는 것을 꺼냈다. 천을 풀어놓으니 칼집이 없는 검 한 자루가 나왔다.

가오리 가죽으로 만든 손잡이 위에 길게 뻗은 양날은 검푸른 빛을 내고 있었다. 닿기만 해도 손이 베일 듯 섬세하고 날카로워 보이는 날에서 강함과 아름다움이 배어 나왔다.

부칠이가 검을 뒤집었다. 반대편 검신에는 북두칠성이 상감되어 있었다. 그 아래로는 글자 하나가 새겨져 있었다.

眞

행이는 검신에 손끝을 살짝 대어 보았다. 차가운 기운이 느껴졌다.

"어르신은 사진일 고사 때 제물로 온 사람이 당연히 행이 너인 줄로만 아셨어. 그래서 내가 앙심을 품고 뚜막이와 풀무간을 털어 달아났다고 생각하셨대. 그런데 며칠 후 나리가 찾아와 불도 꺼지지 않은 가마에 있는 재를 내어놓으라고 한 후에야 무언가 잘못되었다는 걸 아셨지. 어르신은 고사를 치르고 나서 괴로워하셨는데, 최 부사댁 무남독녀가 제물이 된 것을 알고는 그만 병이 드셨나 봐. 더구나 풀무간에 있던 많은 기물마저 잃어버리셨잖아. 이젠 메를 들지 못할 만큼 병이 깊으

셔. 나에게 이걸 내어놓으셨어. 진짜 사진검이라고."

행이는 깜짝 놀랐다.

"그럼, 그해 가을 임금께 바친 검은 가짜란 말이야?"

부칠이는 입술에 검지를 대고 조용히 고개를 끄떡였다.

"어르신도 깨달으신 거야. 당신에게 진짜를 구분하는 눈이 없다는 것을. 사진일에 만들어진 검과 아닌 검을 알아내기란 어려운 법이지. 사진일에 태어난 아이와 아닌 아이를 구분할 수 없었던 것처럼. 또 이 판서댁 며느리 태생 따위도 알아낼 수 없잖아."

행이는 온몸에 소름이 끼쳤다.

"결국, 가짜만 남은 거야?"

"아니야, 모두 진짜야. 사람들이 믿는 게 진짜가 되는 거라고. 진실이 사라지면 또 다른 무언가가 그 자리를 차지하는 세상이잖아. 하지만 사람은 가짜가 될 수 없어. 사람은 모두 진짜인 거야. 그러니 행이야, 지금 여기 있는 너는 진짜야. 이제 누구의 것도 아닌 너로 당당히 사는 거야. 꼭 그렇게 살아야 해. 그래야 해!"

부칠이가 행이를 만나 꼭 해 주고 싶은 말이었다. 태어날 때부터 사진검 제물로 정해진 행이가 이제는 누구의 것도 아닌 진짜 자신의 모습으로 살았으면 하는 바람이었다. 도검장은 부칠이에게 검을 내어 주면서 검신에 담긴 혼이 언제라도 세상 밖으로 날아가기를 바라서 칼집을 만들지 않았다고 했다.

행이는 조용히 일어나 사진검에 절을 올렸다. 그리고 깨끗한 명주 수건을 꺼내어 검신을 찬찬히 닦았다. 부칠이가 행이 어깨에 살그머니

손을 얹었다. 이젠 그것밖에 해 줄 게 없었다. 행이는 손을 잡아 줄 수도 업어 줄 수도 없는 이 판서댁 며느리였다.

행이가 장롱을 열었다. 옷감을 들어내고 깊숙이 감추어 둔 댕기 두 개를 꺼내었다. 옥란이 남기고 간 백목련이 수놓인 것과 자신이 잡혀 올 때 드리고 있던 자목련이 수놓인 연분홍 댕기였다.

"이것도 가지고 가."

부칠이는 댕기를 검과 함께 천에 말아 쌌다.

밖에서 인기척이 들렸다.

"마님, 서방님께서 겸상을 청하셨습니다."

행이는 잠긴 목소리를 가다듬었다.

"청을 감사히 받겠다고 전해 주시게."

부칠이는 마님다운 행이를 보고 빙긋이 웃었다.

"서방님이 정이 많으신가 보다."

"응, 혼자 있는 나를 위해서 오늘처럼 겸상을 청하셔."

"그래, 모든 걸 다행으로 여기자."

부칠이는 가라앉은 기분을 억지로 추스르고 보따리를 행이 앞으로 밀었다.

"누비옷을 만들 옷감이야. 크고 넉넉하게 지어 줘. 언제가 될지 모르지만 만우에게 전해 줄 겨울옷을 받으러 꼭 다시 올게."

행이는 방에서 부칠이와 인사를 마쳤다. 등짐을 지고 성큼성큼 걸어서 마당을 나가는 부칠이 뒷모습에다 대고 언제까지나 무사하기를 빌었다.

행이는 봄꽃이 한창인 마당을 둘러보았다. 그 어느 봄날처럼 아지랑이가 피어오르고 있었다. 그러나 그날의 아지랑이는 아니었다. 지나간 시간만큼이나 깊어진 서러움이 땅을 뚫고 아른거리며 올라왔다.

길 떠나기에 좋은 날이었다. 꽃을 피우기에도 좋은 날이었다. 행이는 옷고름을 고쳐 매고 마당을 나섰다. 옥나비 단작노리개가 앞가슴에서 반짝였다.

진실을 묻다

부칠이 등짐에는 팔다 남은 건어물이 가득했다. 아직 장사가 서툴러서 짐이 조금도 줄지 않는 날도 있었다. 다행히 건어물이라 오래 두어도 상할 염려는 없었다.

부칠이는 이 판서댁, 이제는 정승댁이 된 집을 나와 재너미로 향했다. 행이 앞에서 꾹 눌러 두었던 슬픔이 자꾸만 속을 비집고 나오려 했지만 아직은 아니었다. 훤한 대낮에 상투까지 튼 사내가 길에서 눈물을 훔칠 수는 없었다. 부칠이는 등짐과 함께 마음을 추슬렀다.

개울을 건너는데 눈길이 저절로 최 부사댁으로 향했다. 높은 담장이 허전했다. 밖으로 휘어져 꽃이 한창일 목련이 보이지 않았다. 부칠이는 궁금증을 참지 못하고 별당이 있는 담에 붙어서 조심스레 안을 훔쳐보았다. 우람했던 목련 한 그루가 밑동만 남아 있었다. 밑동에는 서툴게 베어 낸 듯 수없이 찍힌 도끼 자국이 그대로 나 있었다. 혼자 남은 백목련만 봄빛을 가득 머금은 채 봉오리를 부풀리고 있었다.

부칠이는 오래전 행이에게 들은 말이 생각났다.

'자목련은 아가씨가 아끼는 것이니 함부로 만지지 마세요.'

부칠이는 못 볼 것을 본 것처럼 후다닥 담에서 떨어졌다. 베어진 그 자리에 옥란이 앉아 있는 것만 같았다.

지평네는 패랭이를 쓴 부칠이를 알아보지 못했다.

"잉? 누구? 부칠이라고? 새신랑처럼 훤해졌네."

부칠이가 등짐을 내려놓자 지평네가 국물이 넘치도록 건더기를 넉넉히 넣은 국밥을 내어 왔다. 부칠이는 후후 불어 가며 국밥을 먹었다. 아비 바우를 따라 처음 무수막에 와서 먹던 맛 그대로였다. 자리가 없어 흙바닥에서 누이와 마주 앉아 허겁지겁 국밥을 퍼 먹던 일이 생각났다.

부칠이가 누이와 헤어진 지 벌써 여섯 해가 지났다. 그동안 마을로 장터로 돌아다니면서 하루는 누이를 기다렸고 또 하루는 누이를 포기하며 살았다. 어느 날은 누이와 헤어진 날을 기일로 제를 올려 줄까 생각했다가도, 또 어느 날은 누이 나이를 꼽아 보며 아이를 몇이나 낳았을까 생각했다.

부칠이는 아무래도 누이를 만날 수 있다는 희망을 버릴 수 없었다. 슬프고 절망적인 소문을 들을 때마다 더 간절히 누이가 기다려졌다. 부칠이에게 누이를 기다릴 시간은 충분했다. 누이가 돌아올 시간도 충분했다. 어쩌면 누이도 행이처럼 편안한 얼굴로 봄을 맞고 있는지도 몰랐다.

부칠이는 수저를 툭 내려놓았다. 꽃같이 단장하고 앉아 있던 행이 모습이 아른거렸다. 부칠이에겐 혼자 설레었던 시간이 있었다. 행이를 생각하며 어르신이 안댁을 처음 풀무간으로 데려오던 날을 떠올릴 때도 있었다. 사진일을 무사히 넘기고 옥란을 보기 위해 행이를 업고 고개를 넘던 새벽에 부칠이는 유모 말처럼 행이를 짝으로 마음속에 담았다. 아니 최 부사댁 별당 목련 아래에서 처음 만나던 날, 행이가 부칠이 마음속으로 들어왔는지도 모른다.

이제는 다 소용없었다. 행이를 다시 만난 것만으로도 천운이었다.

'살아서 다행이야. 그래, 그것만으로 다행이지.'

국밥에 눈물이 떨어졌다. 부칠이는 입안 가득 국밥을 퍼 넣었다.

부칠이는 주막에 등짐을 맡기고 산으로 올랐다. 가지마다 물이 올라 연초록 잎이 쫑긋 귀를 세우고 있었다. 비연사 할머니는 여전히 지팡이에 의지해서 절 곳곳을 다니고 있었다. 이제는 말소리까지 어눌하게 굽어 있었다.

"네놈이 다시 올 줄 알았지러."

할머니는 툭하면 알았다고 했다.

"그럼, 제가 무얼 하러 왔는지도 아시겠네요?"

부칠이 장난에 할머니는 지팡이를 들다가 땅으로 툭 내려놓았다. 그마저도 힘에 부치는 듯했다.

부칠이는 행이와 숨어 있던 산속 암자로 올라갔다. 기어이 따라가겠다며 산길에 주저앉은 할머니를 업고서였다. 암자 뒤에 할머니를 내려놓고 마른풀을 헤치고 병풍처럼 산을 둘러싼 바위로 내려갔다. 절벽 가까이 맞춤한 자리를 찾아 바위 밑을 팠다. 할머니는 암자 뒷벽에 기대어 더 깊이 파라고 부칠이를 다그쳤다. 허리 깊이까지 땅을 파고 올려다보자 할머니가 고개를 끄떡였다.

부칠이는 구덩이에 검과 댕기를 싼 보자기를 조심스럽게 내려놓고 흙을 덮었다. 이제 누구의 것도 될 수 없는 사진검을 묻고, 옥란을 묻고, 진실을 묻었다. 그리고 행이를 향한 마음도 구덩이에 몰아넣고 흙으로 다졌다. 며칠만 지나면 봄볕을 견디지 못한 생명들이 흙을 뚫고 나와 땅을 판 흔적을 없애 줄 것이다. 바위를 들어내려 하지 않은 한 검은 세상 밖으로 나오지 않을 것이다. 문득, 뚜막이는 어디쯤에 있을지 궁금했다. "알 거 없잖아!" 하고 내지르던 뚜막이 목소리가 들릴 것만 같았다.

부칠이는 할머니를 비연사 절마당에 내려 준 뒤, 할머니가 법당 부처님 앞에 촛불을 켜는 것을 보고 마을로 향했다.

아슬아슬하게 강 건너로 가는 막배에 올랐다. 봄이 지나온 길을 따라 남도까지 내려갈 생각이었다. 한동안 만우를 그냥 내버려 두기로 했다. 만우가 제 뜻을 이루었을 때 만나도 늦지 않았다. 부칠이는 치미는 메스꺼움을 누르며 식구들 냄새가 나는 등짐에 머리를 기대었다.

등 뒤로 해가 지고 있었다. 해는 하늘을 붉게 태우고 남은 빛을 강으로 뿌렸다. 햇빛은 가라앉지 못하고 물결을 따라 너울거렸다. 뚜막이가 빠뜨린 검들이 강바닥에서 세월을 두고 식어 가고 있을 것이다. 버겁도록 뜨거운 화기를 삼킨 검들이 더 이상의 온기를 받아들일 수 없어서 햇살을 밀어내고 있는지도 몰랐다.

바쁠 것 없는 사공이 저문 강을 천천히 갈랐다. 무수막에서 지냈던 날들이 은결과 함께 일렁였다. 점점 멀어지는 무수막이 부칠이 눈동자에서도 출렁거렸다.

다행이다, 고맙다.

언제나 아이들이 있었다. 어디에나 아이들이 있었다.

그러나 어느 한 시절이라도 아이들이 편안했던 적이 있었던가. 어른들이 칼로 만들어 놓은 세상에서 말이다.

칼은 힘이고 권력이고 전쟁이다. 칼은 어둠이고 고통이고 외로움이다. 그 칼이 적을 제대로 겨눈 때가 얼마나 될까. 그건 제 몫을 한 어른들이 얼마나 될까 하는 회의감으로 스스로에게 되돌아왔다.

험한 일 많은 세상에서 모쪼록 어른들이 제 몫을 해내는 일이 많아졌으면 하는 바람이다. 그래서 아이들에게 "다행이다."와 "고맙다."는 말을 건네는 시간 또한 많아지길 바란다.

어느 날, 신문에서 지금껏 만들어진 적이 없는 사진검 제작에 관한

토막 기사를 봤다. 기사를 오려 두고 며칠을 들여다보다가 취재를 가기로 했다. 그런데 취재를 가기 하루 전날 운동장에서 놀던 아이가 머리를 다쳤다. 농구를 하다가 미끄러져 바닥에 머리를 부딪쳤는데 병원에서는 단기 기억 상실증이라고 했다. 드라마나 영화에서나 들어 봄 직한 병명이었다.

밤을 새며 자는 아이 옆을 지켰다. 아이가 잘못되지 않을까 걱정을 하면서도, 한편으로는 취재를 못 가게 될까 봐 애를 태웠다. 이미 내 속에서는 무수막 아이들이 밖으로 뛰쳐나오고 싶어 안달이 나 있었다.

다음 날, 용띠생 아이가 내가 없는 동안에도 무사하기를 빌며 용의 날을 맞으러, 용의 아이들을 부르러 문경으로 내려갔다.

이 글을 쓰며 사진검에 대한 자료나 유물을 찾지 못했다. 사진검이 제작되었다는 기록도 찾지 못했다. 고려왕검연구소에서 이상선 명장이 만드는 사진검 제작을 취재하고, 남아 있는 사인검에 대한 자료로 그 자리를 메웠다.

초고를 쓰고, 묻어 두고, 다시 꺼내 쓰는 동안 시간이 많이 흘렀다. 원고 탈고를 앞둔 저녁, 아이에게 그날에 대해 물으니 여전히 기억하지 못하고 있었다.

짧은 기억을 잃어버린 것 외에는 다행히도 잘 지내고 있는 아이와 나에게 꽤 협조적인 가족에게 고마움을 전한다.

2015년 3월

은 이 결

칼의 아이

첫판 1쇄 펴낸날 2015년 3월 16일
4쇄 펴낸날 2018년 10월 2일

지은이 은이결
펴낸이 박창희
책임편집 김수진 **편집** 길유진
디자인 권은숙 **마케팅** 정주열
회계 양여진

펴낸곳 (주)라임
출판등록 2013년 8월 8일 제 406-2013-000091호
주소 경기도 파주시 회동길 57-9 파주출판도시 푸른숲 빌딩, 우편번호 10881
전화 031) 955-1820, 1821 **팩스** 031) 955-1825
이메일 lime@limebook.co.kr

ISBN 979-11-85871-14-1 44810
979-11-951893-0-4 (세트)

라임은 푸른숲의 자회사입니다.

이 도서의 국립중앙도서관 출판시도서목록(CIP)은 e-CIP 홈페이지(http://seoji.nl.go.kr)와 국가자료공동목록시스템(http://www.nl.go.kr/kolisnet)에서 이용하실 수 있습니다.(CIP제어번호 : CIP2015005981)